Chisato & Ren
「アプローチ」
♪

「ただの寮長だったら、こんなことは
しないと思うぜ?」
さらに距離を詰めてくる廉にたじたじ
と身を引くと、バランスを失って智里
はそのまま仰向けに倒れた。
（「週末までの距離」P.132より）

Chara

アプローチ

月村　奎

キャラ文庫

この作品はフィクションです。
実在の人物・団体・事件などにはいっさい関係ありません。

目次

口絵・本文イラスト／夏乃あゆみ

アプローチ

頰《ほお》に鈍い痛みを感じて、由井智里《ゆいちさと》は浅い眠りから目を覚ました。

うっすらと目を開くと、秋の澄んだ朝日が頭の芯《しん》にずきずきとしみ込んでくる。

その眩《まぶ》しすぎる光を背に、人影が智里の上におおいかぶさっていた。

「いいご身分だな、由井。毎朝毎朝、放っておけば何時まで寝てるつもりだ」

人影は低く笑いを含んだ声で呆《あき》れたように言い、智里の頰を軽く叩《たた》く。

頰に触れるその人肌にぞっとして、智里は場所も状況もわからないまま、バネ仕掛けのように飛び起きて、力任せにその手を払いのけた。

「なんだよ、そのオーバーリアクションは」

少し驚いたような声。

息が止まりそうに怯《おび》えてベッドの上であとずさりながら、智里は周囲を見まわした。

狭苦しい二段ベッドの天井、年季の入った壁の落書き。二つ並んだそっけない学習机。

まだ馴染《なじ》みの薄い部屋を一つ一つ確認するように眺めながら、ようやくここが一週間前に転校してきた櫻《さくら》が丘《おか》学園高等部の寮だということを思い出して、智里は緊張を解いた。

さまよわせていた視線を戻すと、ベッドの前にかがんで怪訝《けげん》そうにこちらを眺めている手代《てしろ》木廉《ぎれん》と目があった。

少しくせのある飴色《あめいろ》の髪と長い手足がどこか日本人離れした印象のこの男前は、智里より一つ年上の三年生で、この寮の寮長をしている。

「怖い夢でも見たのか？　まさかおねしょなんかしてないだろうな」

下級生からも同級生からも慕われている人気者の寮長は、智里の意味不明の怯えを和ますように柔和な笑みを浮かべた。

取り乱した自分が少し決まり悪くて、智里は無言のままごそごそとベッドの下段からはい出そうとした。

手摺《てす》りを乗り越えぎわにパジャマの裾《すそ》を自分の膝《ひざ》で踏んで、思わず前のめりになる。

「おい。まだ寝呆《ねぼ》けてるのかよ」

呆れ声で言って、廉が無造作に支えの手を出してきた。その手が触れたとたん、智里は再び火にでも触ったように怯えて飛びのいていた。

「…なんなんだよ。さっきからその痴漢にでも遭《あ》ったような反応は」

廉はただの軽口で言ったようだったが、智里は図星を指された形で、一瞬血の気がひいた。

廉は形のいい眉《まゆ》をひそめて、怪訝そうに智里を見た。

「あれ、廉先輩、まだいたんですか？」

開いていたドアから、廊下を通りかかった佐藤健吾《さとうけんご》が声をかけてきた。

小柄で華奢《きやしや》な健吾は、ここが男子校の寮だということを一瞬忘れるようなやさしい風貌《ふうぼう》をしている。

「先輩、今日はブラバンの朝練があるって言ってませんでした？　部長みずからサボリ？」

「またもこいつが寝とぼけてるから、起こしてたんだよ。佐藤は由井と同じクラスだったよな」

「そうでーす」

「ちゃんと朝メシ食わせて、連れてってくれ」

「……メシなんかいいです。食欲ないから」

智里がぼそっと言うと、廉が聞きとがめて睥睨《へいげい》してきた。

「朝メシ抜きと理由なき遅刻は許さないって、いつも言ってるだろう」

「ちゃんとオレが食べさせるから、大丈夫でーす」

廉の説教口調にむっとする智里をよそに、健吾が陽気に請け合った。

廉は健吾の頭をぽんぽんと叩いた。

「いい子だね、佐藤は」

「へへへ」

「しかしそうやって二人で並んでいると、なんか女子校っぽいね、きみたち」

「そうでしょ。オレの顔って女の子に安心感を与えるみたいで、これが結構ナンパに役立ってるんですよ」

無害そうな外見に似合わぬことをケロリと言ってのける。

同じ寮生でクラスも一緒の健吾は、転校してきて最初に親しくなった友人だが、学校でも寮でもきわどい雑誌を眺めては、友人連中と女の子の話ばかりしている。そのへんの女の子よりよほど可愛い顔をして、無類の女好きなのだ。

「支度ができたら急げよ」

言い置いて、廉は廊下に出て行った。

忙《せわ》しなく登校して行く生徒たちと、廉が陽気にあいさつを交わしあう声が響いてくる。

「英語の課題、終わったのか?」とか「もう風邪はいいのか?」などと下級生にいちいち一声かけているのが、いかにも気配りの寮長といった風情《ふぜい》で、智里にはなんとなく鼻についた。

「あーあ、オレも廉先輩くらいかっこよかったら、さらにモテモテだったのに」

健吾が智里にネクタイを手渡しながら羨《うらや》ましげにため息をつく。

「……俺、手代木先輩ってあんまり好きじゃない」

ぼそっと言うと、健吾は少し驚いたように智里を見て、それからにやっとした。

「入寮日のこと、まだ逆恨みしてるわけ?」

「なんだよ、逆恨みって」

「ほらほら、怖い顔してないで、さっさと行こうよ」

促されて時間割りを確認しつつ、智里は内心面白《おもしろ》くなかった。

別に逆恨みなんかじゃない。ただ、誰からも好かれる陽気な優等生の廉が、なんとなく鼻につくのだ。


転校と寮生活という二つの生活の変化は、智里には気の重いものだった。

父親の福岡《ふくおか》転勤が決まり、都内の大学に進学したい智里としては東京《とうきょう》近郊に残ったほうが有利だということで、寮のある学校に転校した。というのが、転校の名目上の理由だった。けれど、単に東京に残りたいだけなら、高校はそのままで都内の伯母の家に下宿するという手段もあった。

智里にはそれだけではなく、通っていた高校をどうしても離れたい理由があった。

実家の引っ越しのごたごたなどもあって、智里が入寮したのはすでに二学期が始まって二日ほどたった日だった。寮内は下校してきた生徒や、すでに私服に着替えた寮生たちでがさがしていた。

一人として知っている顔がないというのは当然不安なものだが、智里にとってそれはほっとすることでもあった。

櫻が丘学園は中・高を併設した私立男子校で、その名のとおり桜の名所として知られる郊外の住宅街の小高い丘の中腹にある。智里が以前通っていた高校に比べると学力レベルは少し落ちるが、それでもこのあたりでは屈指の進学校と言われている。

都市近郊では珍しい半寮制で、転勤族を親に持ち、都内の大学に進学を志望している生徒たちが寮生の大半を占める。

高等部のH寮が百名、中等部のJ寮が三十名ほどの定員で、隣り合った二つの寮は、学校の敷地と道路一本隔てた北側にあった。

寮舎は、智里が小学生のときに行った林間学校の宿泊施設と似た、そっけない鉄筋の建物だった。

『靴は下駄箱《げたばこ》に!』

模造紙に大書された注意書きとは裏腹に、玄関はいかにも男子寮らしい乱雑さで、スニーカーや革靴が脱ぎ散らされていた。

玄関で智里を出迎えてくれたのは、三年生の寮長、手代木廉と、副寮長で次期寮長という二年生の佐藤健吾の二人だった。

編入が決まったときに、高等部の寮は生徒の自治制だという説明は受けていたが、実際、警備と雑務を兼ねた舎監はあいさつに数秒顔を出しただけで、すぐに奥に引っ込んでしまった。

初対面の廉は、ジーンズに鮮やかなオレンジ色のフリースという私服姿で、柔和に整った顔と明るい色の髪がいかにも陽気な雰囲気だった。

「初めまして、由井智里くん」

滑舌《かつぜつ》のよい低音で言ったあと、廉はもったいぶった笑みを浮かべた。

「っていうか由井くん、もしかしてJ寮と間違ってない？」

智里の線の細い容姿をあてこすってのくだらない冗談に、玄関に居合わせた寮生たちが愉快そうにどっと笑った。

そんな他愛ない冗談を気にするつもりはなかったのだが、この第一印象だけで、智里は廉が不愉快になった。

もともと愛想が悪く、人付き合いが得意でない智里は、廉のような陽気で調子のいいタイプはいちばん苦手なのだ。

さらに、女の子の胸の大きさと頭の容量は反比例するなどという根拠もない迷信を信じている人間がいるのと同様に、智里にはその男版ともいえる思い込みがあった。

背の高い男と顔がやたらに整っている男は、頭と性格が絶対に悪い。

闇雲《やみくも》にそう信じている智里にとって、廉のような男はもっとも忌《い》むべき相手だった。

それでなくても、転校する原因となった出来事のせいで智里はかなりナーバスになっており、廉の陽気さそのものが意味もなく癪《しゃく》にさわった。

智里の心中など知るよしもなく、廉は食事や入浴の時間やゴミの出し方といった寮生活の基本的な決まりごとを、手際よく説明していった。

「一応、門限は八時だけど、いったん帰寮したうえで許可をとれば、コンビニとか丘の下の銭湯くらいまでの外出は大目にみることになってる」

「寮の風呂は毎日戦場だから、たまに外の銭湯に行くと、気持ちいいよ」

健吾がにこにこと補足を入れた。

「それから、寮の食事は朝晩だけだから、土、日、祝日の昼は各自で食べることになる。丘の下に寮生ご用達《ようたし》の安くてうまい店が何軒かあるから、今度の週末にでも案内するよ。初回のみ、おごりな」

廉は気さくに笑ってみせる。

「なにそれ。ずるいよ先輩。オレにもおごって」

健吾が横から半畳《はんじょう》を入れ、周囲にいた寮生たちもそれに同調して、のどかな笑いが起こった。

最初にマイナスイメージを抱いたせいで、門限に甘かったり、親切だったりという廉の言動すべてが智里には役職上の人気取りのように思えてくる。とはいえ、自由の範囲が少しでも広いのはいいことだ。

「電話の取り次ぎは原則として十時まで。…っていってもどうせ携帯持ってるよな？　それと郵便物は玄関の各自の下駄箱に放り込んでおくから、確認して。まあこのメールのご時勢に郵便なんか滅多にこないけど」

いちいち自分で突っ込みを入れて茶化し、最後に廉は部屋割りを説明した。

寮の部屋は全部二人部屋で、年度始めに学年まぜこぜのクジで決めるのだという。ちなみに寮長と副寮長は同室ということで、廉と健吾はルームメイトということだった。

部屋割りにちょうど一人分のあきがあり、智里は木村《きむら》という三年生と同室になるという。

「ラグビー部主将の泥臭い男だけど、気のいいヤツだから、仲良くやってくれ。以上、なにか質問は」

「別にありません」

個室でないのはがっかりだったが、高校の寮でそんな贅沢《ぜいたく》は望めないのもわかっていた。

あらかじめ宅配便で送っておいた荷物が、ホールの片隅に置かれていた。それを受け取って教えられた部屋に向かおうとすると、廉に呼び止められた。

「ちょっと待った。手荷物検査を忘れてた」

「え？」

智里は耳を疑った。どうやら門限もかなりルーズらしい生徒自治の寮で、そんな横暴なことが行なわれているのは意外だった。

「ちょっと鞄《かばん》の中を見せてもらえるかな」

「……なんでそんなの見せなきゃならないんですか」

警戒心をむき出しにして言うと、健吾が仲裁に入ってきた。

「別に由井だけじゃなくて、抜き打ちの荷物検査は寮内じゃあたりまえなんだよ。オレもさっき鞄の中見せたし」

同じ生徒の立場である寮長がそんな権限を持っているという理不尽に呆れた。しかもホールに居合わせた生徒はみんなそれが当然という顔をしていて、誰一人としてその横暴に異を唱えようとしないのが不思議だった。

「見せなきゃならないいわれはないです」

「なにかうしろめたいものでも持ってるんじゃないですか」

頑《かたく》なに拒む智里に、野次馬の中の制服姿の一人がぼそりと言った。

神経質そうな顔をした少年で、一年生を示すグリーンの名札に山崎将人《やまざきまさと》と書かれていた。図星を指されて、智里は少しどきりとした。

健吾が小さく笑って、智里にだけ聞こえる声でいたずらっぽく耳打ちしてきた。

「山崎のやつ、廉先輩に気があるってもっぱらの噂《うわさ》なんだ」

たちの悪い冗談に背筋がぞっとした。その手の冗談は、智里が今もっとも耳にしたくない話題だ。

「まあほら、一応決まりごとだから」

健吾の言葉に気を取られている隙《すき》に廉が鞄を軽くひいた。鞄はぽろりと床に落ちた。開いていた口から、引っ越しのどさくさにまぎれて実家からくすねてきた洋酒の小瓶とマイルドセブンが転がり出した。

失笑と、意外そうな感嘆がホールをざわめかせた。

「顔に似合わずいいもの持ってるね、少年」

廉はにこにこしながら酒と煙草《たばこ》を拾い上げ、目の前にかざしてみせた。

「没収、ね」

食ってかかりたいところだったが、寮則抜きにしても法律上問題のあるものなので、反論の余地がなかった。

それでも、同じ生徒の立場で教師の手先のようなことをする廉には無性に腹が立った。どれもこれもが自業自得と八つ当たりだということを自覚しないまま、智里の廉への初対面の印象は、こんなふうに最悪だった。

「やっぱり外の風呂は気持ちがいいよな。寮じゃ一人の持ち時間がせいぜい十分だもんな」

コンビニの前で、熱々の肉まん片手の健吾に同意を求められて、智里は笑ってうなずいてみせた。

寮生五人ほどで銭湯に行った帰り道だった。

確かに広い銭湯は気持ちよく、帰り道に眺める夜空や、コンビニでの買い食いなどはなかなか楽しいものだった。

転校して半月ほどがたち、智里は表面的にはなんとなく新しい生活に慣れ、こうして馴染んでいった。

とはいえ、慣れたといっても積極的に人の輪に加わるわけでもなく、ただ単に「転校生」というレッテルが薄れて、いるのかいないのかわからない一生徒として、水に落ちた水滴のごとく姿を消せるようになっただけの話だ。

しかし、一向に慣れることができないものもあった。

寮に戻ったとたん、それはやってきた。

「おまえら今日は銭湯か？　羨ましいな」

玄関で靴をそろえていると、背後からそれはがっしりと智里と健吾の肩に手をかけてきた。

智里と同室の、木村だった。

「先輩も行ってくればいいのに」

「それが行けないんだよ。今月の持ち金、あと百六十円なんだ」

「ひーっ、赤貧！」

健吾と木村のやりとりの傍らで、智里は一人ぞっとして、身を固くしていた。

肩にかかった腕の感触に、鳥肌が立ってくる。人に触られるのは嫌いなのだとはねのけたかったが、まったく悪気のない上級生にたてつくのもためらわれ、生活に波風をたてたくないこともあって、智里はじっと我慢していた。

最初に廉が言っていたとおり、木村は実に気のいい先輩だった。けれど体育会系特有のスキンシップ過多と、ガタイのよさが、智里にはどうしても苦手だった。

部屋で二人でいるときにも無造作にバシバシと触ってくるし、眠れば眠ったで非常に寝相が悪く、突如《とつじょ》二段ベッドの上段から太い腕がにゅっと垂れ下がってきたりするのだ。

おかげで智里は毎夜寝付くことができず、早朝、木村がラグビー部の朝練に出掛けたあとでようやく本格的に眠りにつくという毎日だった。そのせいで、相変わらず朝が弱い。

「しかし由井、おまえ男のくせに色白だな。風呂あがりだっていうのに顔が青白いぜ？」

智里の心中など知るよしもない木村が、智里の肩をバシバシ叩きながら言う。

「もっと食事と運動を増やして、男っぷりをあげろよ」

頼むからその手をどけてくれと、ほとんど貧血状態に陥りながら智里は願った。

「由井、ちょっとこれ手伝って」

ふいにホールから通りのいい声がした。

蛍光灯を手にした廉が、テーブルの上に立って智里を手招きしていた。

ほかにも複数の寮生がいるのに、なんで面倒な雑用に自分を指名するのだと不満を抱きつつも、木村の手から逃れられることにほっとして智里は廉のそばに行った。

「ホイ、これ下に置いて、新しいの取って」

廉ははずした蛍光灯を智里に渡して、新しいものを慣れた手つきでセットしていく。

第一印象はいまだに尾をひいて、智里は廉が好きになれなかったが、この半月ほどの間に、廉が横暴なだけの寮長でないことはよくわかった。というより、遅刻や飲酒、喫煙といったことにはやたら口うるさいものの、それを除けば横暴どころか、実に温厚でのどかで腰の低い寮長なのである。

本来は舎監の仕事であるこういう雑事も、ほとんど廉が率先してやってしまうし、当番制の掃除や日直なども、手があいていれば一緒になって楽しんで手伝っている。

確かにできた寮長だということは、智里も認める気になっていた。けれど、初対面の印象というのはなかなか抜けない。

「佐藤たちだっているのに、なんで俺がこんなの手伝わなきゃならないんですか」

むっとしながら言うと、廉は身軽にテーブルから飛び降りて、小馬鹿にしたようににやりと笑った。

「だって、ユイって呼びつけやすいじゃん、名前が。女の子みたいで、おまえにぴったりだな」

やっぱりこの男は嫌いだと、智里は思う。

「せっかく風呂あがりなのに、手汚したか？」

廉は智里の手に無造作に手をのばしかけ、ふいとその手をひいた。

「あ、悪い。おまえ触られるのダメなんだよな」

「え？」

びっくりする智里を残して、廉は蛍光灯を手にさっさと離れていってしまった。

自分の弱点をいつの間に気付かれていたのかと訝《いぶか》って、智里はこの前の朝のことを思い出した。自分を起こす手に怯えたことを、廉はきちんと記憶に留めていたのだ。そういえば、そのあとも何度か廉は智里を起こしに部屋に来たが、最近はただ声をかけるだけで、触ってくることは一度もなかった。

ふと、智里は今しがたのことを思った。

廉がわざわざ自分を呼んだのは、木村に触られて辟易《へきえき》していたことを見抜いていたのではないだろうか。

「まさかね」

百人からいる寮生の一人一人に、いちいちそんな細かい気配りをするはずがない。智里はすぐに自分の考えを否定した。

しかし、似たようなことは翌日にも起きた。

「やべっ、和英辞典忘れた！」

休み時間、健吾が焦ったように立ち上がった。

「由井、二階まで付き合ってよ。廉先輩に借りてくる」

慌てて飛び出そうとする健吾に、まわりにいた友人連中が口々に羨ましげな声をかけてくる。

「いいよな、寮生は学年を超えたネットワークを持ってて」

「しかも廉先輩に借りようなんて、恐れ多いよ、佐藤」

廉の名前を出した友人に、智里は不思議な気がして訊《たず》ねた。

「手代木先輩のこと、知ってるの？」

高等部だけで千人ほどの生徒がいるのだ。寮や部活関係はともかく、普通は学年が違うとほとんど名前と顔が一致しないものだ。

「なに言ってるんだよ。廉先輩のこと知らないやつがいたらもぐりだろ。…ってそうか、由井は転校生だっけ」

相手は鹿爪《しかつめ》らしい顔で説明してくれた。

「前生徒会長だったんだよ、廉先輩は」

「画期的だったよな、廉先輩の生徒会は。悪評高かった校門前での服装検査を撤廃したり、逆に前の年に廃止になってた植松《うえまつ》女子高との交流会を復活させたり」

「なんかこう、さり気ない実行力っていうの？　かっこいいんだよな、あの人ってさ」

廉を礼賛するクラスメイトたちの話に、智里は眉をひそめた。廉は確かブラスバンド部の部長もやっているはずだ。

「生徒会長に、部長に、寮長って、よほど長のつく役職が好きなんだな」

独り言めいた非難が思わず口をつく。智里の中ではいまだ入寮日に不当な荷物検査を受けたときの印象が尾をひいていた。生徒会長までやっていたなんて、よほどの権力好きだと呆れてしまう。

「何言ってんだよ、人望だよ、人望」

「そうだよ。生徒会だって立候補じゃなくて推薦でしぶしぶ引き受けたんだぜ」

仲間たちが口々に反論を加えてくる。

「なんでもいいけど、休み時間が終わっちゃうよ。早く、由井」

健吾にひきずられて、智里はしぶしぶ三年生のフロアに付き合った。

教室を覗くと、廉はクラスメイトと楽しげに談笑していた。明るい色の髪と通りのいい声のせいか、廉はどこにいても目立つ。

「廉先輩！　辞典貸して、和英辞典!!」

健吾は勢い込んで教室に飛び込んで行った。

智里は手持ち無沙汰《ぶさた》に廊下で待っていた。教室を移動しての授業のために廊下を行き交う生徒たちが、所在なげに立っている下級生を物珍しげにじろじろ眺めていく。人見知りの智里はなんとなく落ち着かなくなってきた。

「よう、由井。こんなところでどうした」

集団の中から木村が気さくに声をかけてきた。身構える間もなく、あいさつがわりにがしがしと頭をかきまわしてくる。友人らしい数人も足を止めて智里を取り囲んだ。

「なんだよ、木村の知り合い？」

「寮で同室の由井だ」

「へえ。ちっこくてかわいいな」

「こんな汗臭い男と同室なんて災難だねぇ、由井くん」

「なに言ってんだよ」

豪快に笑いながら、大柄な三年生の一群はまるで猫でも愛玩《あいがん》するように智里の頭や肩に触れてくる。智里は身動きもとれず、血の気のひいた顔で硬直した。

「木村！　おまえ和英辞典持ってる？」

人垣の向こうから廉の通りのいい声がした。

「えー、廉先輩、持ってるって言ったじゃないですか」

不服げな健吾の声。

「あると思ったら、見当たらないんだよ」

「だって、それ…」

「木村、佐藤に貸してやって」

「ＯＫ」

木村が身軽に教室に戻り、訝しげな顔をしながらも健吾がそれについていった。

なにはともあれ解放された智里は、ほっと肩で息をついた。

顔をあげると、じっとこちらを見ている廉と目があった。すぐに廉は表情をゆるめた。

「よう。佐藤のお供か？」

茶化すように言って、吹き出す。

「ったく連れションの女子高生みたいなやつらだな」

むっとする智里に、廉は笑いながら言った。

「類友っていうかさ、こういうちまちました二人組がいるかと思えば、木村たちみたいにマッチョばっかりの集団もいて笑える。ああいうのに取り囲まれるとひるむよな」

智里の愛想の悪さを気にとめるふうもなく、廉はどうでもいいような雑談をしかけてきた。

その間にも通りすがりの生徒たちが廉にあれこれ話しかけていく。

目立つ廉に攪乱《かくらん》されて、誰も智里には注意を払わなくなった。まるで廉というバリアーにガードされているような感じだ。

やがて健吾が戻ってくると、廉はさりげなく智里から離れ、教室に戻っていった。

「何しゃべってたの？」

「……別に」

「なんだよ。廉先輩のことになると、すぐ不機嫌になるのな」

「だって嫌いなんだよ」

「寡黙《かもく》な由井が、廉先輩のことだけ毛嫌いするのって、なんかヘンなの」

どこが変だよと反論しかけて、智里はふと、木村には遠慮して言えないような台詞《せりふ》を廉には平気で言っている自分に気付いた。

健吾は茶化すように身を乗り出してきた。

「でも、そこまではっきり嫌いっていうのは、それだけ意識してるってことだよね」

「……なにが言いたいんだよ」

「オレもさ、たとえばほら、テレビで新しいバンドとか見て、うわっなにこいつらって反感持ったりすることあるけど、そういう印象を持った相手って大概あとで好きになってるもん」

「…………」

「由井もそのうち廉先輩の魅力に開眼《かいげん》するって」

冗談じゃない、という反論はチャイムにかき消され、智里と健吾は慌てて三階の教室に戻った。

「どこ行くの、由井？」

消灯時間を過ぎた夜の寮の廊下で、智里は健吾に呼び止められた。

そういう健吾は、部屋のドアの前に座り、廊下の薄暗がりで女の子の水着が躍る雑誌を広げている。

「…そっちこそ何やってるんだよ」

「山崎が、廉先輩に相談があるとか言って来てるから、席をはずしてるんだよ」

佐藤はひょいと室内にあごをしゃくった。

「寮長と同室だと、こんなのばっかりでワリを食う」

「佐藤だって、次期寮長だろ」

「オレは寮長になったって廉先輩みたいな面倒見のいいことはしないよ。で、由井はどうしたの？」

「……いや、なんか寝そびれたから、コーヒーでも飲みに行こうと思って」

「由井って不眠症？　なんか結構毎晩うろちょろしてるよね」

気付かれていたことに、少し決まり悪い気がした。

いい加減慣れなくてはと思いながら、智里は木村の存在にどうしても馴染めなかった。

さっきも風呂から戻ってきた木村に不意に背後から覗き込まれ、「予習か？　エラいな」などと背中を叩かれて、心臓が跳ね上がった。

そのうちようやく寝てくれたと思ったら、いきなり大声で寝言を言い出した。そのたびに智里は死ぬほどびっくりして、結局寝そびれてしまったのだった。

智里の悩みなど知るよしもない健吾は、ふといたずらっぽい表情になって身を乗り出してきた。

「山崎ってヤバいと思わない？　なにかといえば廉先輩にべったりでさ。オレ、十七年生きてきて、ホンモノのホモって初めて見た」

健吾の台詞に、背筋がぞっとなった。

「あんまり無責任なこと言うなよ。単に先輩として慕ってるだけだろ！」

不必要に声がきつく大きくなり、健吾が少し驚いたように智里を見た。

部屋のドアが開いて、廉が顔を出した。

「こんな時間になに大声出してるんだよ」

「すみませーん」

智里の代わりに健吾がおどけて答えた。

部屋から山崎が出てきた。

「いろいろすみませんでした」

「まあ、あんまり些細《ささい》なことを気にするなよ」

「ついでに相談ごとは消灯前にね」

健吾がちょっと嫌味な口調で半畳を入れると、山崎は整った少しばかり生意気そうな顔で健吾と智里を見比べた。

「こんなところで立ち聞きなんて、品がないですね」

「立ち聞きィ？　人を部屋から追い出しておいて、何様のつもりだよ」

「夜中に大声出すなって言ってるだろう」

「イテッ」

廉に後頭部を叩かれて、健吾は両手で頭を抱えた。

「理不尽だな、まったく。相談っていったいなんだったんですか」

立ち去る山崎の背中を胡散臭《うさんくさ》げに見送りながら、健吾が訊《き》いた。

「内緒」

「ちぇっ。守秘義務ですか」

「まあ大したことじゃないよ。迷惑かけて悪かったな。もう寝ろ」

「へーい」

「で、由井はこんなところで何してるんだ」

「眠れないから、コーヒー飲みに行くんだそうです」

智里の代わりに健吾が答え、そのまま部屋の中に入っていってしまう。由井は廉と二人きりでとり残されたかたちになった。

「しゃべり疲れたから、俺も一服するかな」

廉は大きくのびをして、先に立って歩き始めた。

明かりの落ちたホールで、飲み物の自動販売機だけがあたたかい光を放っていた。

智里は紙コップの熱いコーヒーを買い、廉はパックの牛乳を買った。

腰をおろすと、廉はさり気ない動作でコーヒーと牛乳を置き換えた。

「なにするんですか」

「おまえな、眠れないのにコーヒーなんか飲んでどうするんだよ」

「……自分はなんだよ」

「俺はいいの。カフェインのきかない体質だから。おまえはさっさと寝て、少しは早起きする努力をしろよ」

智里はむくれながら、牛乳パックにストローを突きさした。

「由井」

「……なんですか」

「木村とはうまくいってるか？」

出し抜けな質問に、智里は少しひやりとなった。

「別に普通です」

「毎晩徘徊《はいかい》してるようだから、同室者と相性でも悪いのかと思ってな」

人に弱みを見せるのが嫌いな智里は、きっぱりとかぶりを振った。

「別にそんなことないです。単に寝付きが悪いだけです」

「木村に限ったことでもなさそうだけどな」

廉は独り言めいてぼそりと言い、コーヒーを啜《すす》った。

「まあ集団生活に多少の摩擦はつきものだから。せいぜい図太くなれよ」

あっさり言って、廉は部屋にひき上げていった。


突然、部屋替えが行なわれることになったのは、その三日後だった。

夕食後、寮生をホールに集めて廉がそれを切り出すと、寮内には面白がるようなざわめきが広がった。

「急になんで?」

三年生の一人が訊ねると、廉は人を食ったような生真面目な顔で一言。

「夢のお告げだ」

食堂は失笑に包まれた。

智里は廉の気まぐれに呆れ果てた。遅刻をするな、荷物を見せろ、などなど、うるさいことを言うかと思えば、一方ではこういう身勝手なバカを言い出す。支離滅裂だ。

しかし寮生たちは「面倒臭い」という消極派がいる以外は概《おおむ》ね賛成派ばかりで、どっと拍手が起こった。とりあえず生活の変化はなんでも歓迎というところらしい。

智里にしても、廉に対する不信感はともかく、部屋替えそのものに対してはひそかにほっとしていた。

廉の提案はあっけなく多数決で可決され、翌日の土曜日の午後、くじ引きで部屋替えが行なわれた。

学年まぜこぜのくじは、運がよければ同級生を引きあてることができる。智里の新しいルームメイトはなんと健吾で、智里は胸を撫《な》でおろした。

部屋替えは、ほとんどお祭りのような大騒ぎだった。

「寮長と一緒だと人の出入りが多くて落ち着かないから、助かったよ」

廉のいた部屋に移動するための荷物運びを手伝ってくれながら、健吾が楽しげに笑った。

「しかも、同室が由井なんてラッキーだな」

人付き合いの苦手な智里は、あまりそんなことを言ってくれる友達を持ったことがなかったので、その一言はまんざらでもなかった。

「だけど、夢のお告げってふざけてるよな」

そんな自分への照れもあり、智里は納得がいかないという顔で廉の言動を批判してみせた。

健吾が意味ありげな笑みを浮かべた。

「そんなこと言ったら、バチがあたるよ」

「え？」

「今回の部屋替えって、由井のためみたいなものなんだから」

「俺《おれ》？」

思いもかけないことを言われて、智里は怪訝に顔をあげた。その視線のすぐ前に、健吾の発言を聞きとがめてさらに不審そうな顔をした山崎が、枕《まくら》と毛布を抱えて突っ立っていた。

「由井先輩のためってなんですか」

部屋の前の廊下で、山崎は疑わしげに訊ねてきた。

健吾は笑いながらちょっと挑発的に山崎を見た。

「それはだね、寮長は由井と同室になりたくて、部屋替えを画策したというわけだ」

そんなはずがないし、それではどこが智里のためなのかわからない。やたら山崎をからかうのは、健吾の悪いくせだ。

「ところが、みずから作ったやらせくじをうっかり引き間違えて、由井との同室はオレが勝ち取ってしまったというわけ。いまごろ廉先輩、悔し涙を流してるぜ」

健吾はからから笑って、疑り深げな山崎を残して歩き出した。

「くだらない冗談はやめろよ。万が一山崎が本気にしたら困るだろう」

「いいのいいの。あいつちょっと生意気だから、からかいたくなるじゃん」

「さっきの、部屋替えが俺のためとか言うのも、冗談だろう」

「いや、それは本当」

部屋に入り、空《あ》きベッドに智里の荷物をおろしながら健吾が言った。

「どういう意味?」

健吾が口を開きかけたところに、廉が残りの荷物を取りに入ってきた。

「なんか女子寮っぽい顔触れだな、ここは」

「自分で仕組んでおいて、なに言ってんだか」

「こらこら、それは秘密の約束だろう」

智里には意味不明の会話を交わして、健吾は陽気に笑った。

「廉先輩とお別れなのは淋《さみ》しいけど、これでようやく落ち着きますよー」

「まあせいぜい仲良くやれよ」

廉はいつもの明るい笑顔を智里のほうに向けた。

「佐藤なら大丈夫だろう。今日はゆっくり寝ろ」

佐藤ならってどういう意味だ？

さっさと出て行ってしまった廉の代わりに、健吾が智里の内心の疑問に答えるように言った。

「なんかさ、由井って慢性的に寝不足っぽいじゃん。それ、木村先輩と相性が悪いんじゃないかって、廉先輩結構心配してたんだよ」

智里はひやりとした。

「由井、人に触られるの苦手なんだって？　廉先輩が言ってた」

「………」

「一年のとき同室だった廉先輩の話によると、木村先輩ってすっげー寝相悪いんだって？　神経質そうな由井には、ああいうタイプは向かないんじゃないかってことで、今回の部屋替えを画策したんだよ」

「…なんでそんな確信持って言えるわけ?」

「だって、寮の中じゃオレがいちばん由井と仲いいじゃん? だから廉先輩からいろいろ相談受けてたんだ」

「……だけど、だとしたら、俺だけ部屋を替われば済むことだろう。なんだってこんな大がかりなことするんだよ」

「そこだよ。もし、由井だけ部屋替えしたら、みんな『何事だ?』って不審に思うだろう? 木村先輩だって理由を知ったらいい気分じゃないと思う。だから理由を攪乱《かくらん》するために、寮全体のお祭りみたいにしちゃったわけだ」

智里は疑り深く健吾を見た。

「……どう見たってただの気まぐれとしか思えないけど」

「廉先輩ってああ見えていろいろ考えてる人だよ。ほら、荷物検査とかにしてもさ」

不愉快なことを思い出して、智里はむっとした。

「あれこそただの横暴だろう」

「浅はかだなぁ、由井は。ただの横暴だったら、みんなが素直に従うはずないじゃん」

言われてみれば確かにそうだった。

「実は去年、オレが入学したばっかの頃《ころ》って、寮の自治権があやうかったんだよ」

「どうして？」

「去年の寮長が自由と勝手をはきちがえてるような人で、まあその辺がウケて当選したらしいんだけど、一部の寮生の風紀が相当乱れまくってたらしいよ。誰かさんみたいに、酒とか煙草とか持ち込むやつもでてきて」

健吾のあてこすりに、智里は少し決まり悪く唇を尖《とが》らせた。

「それを寮長が個人の自由とかいって全然注意しないから、みんなダラけちゃって。で、あまりにも目にあまるってことで、学校側が寮の自治権を取り上げるって言い出したんだ」

無理もない話だ。

「で、年度途中で寮長が替わったんだけど、今度は反対に生真面目すぎちゃってミニ教師って感じで寮生から不満続出。それがこの春廉先輩が寮長になって、ようやく落ち着いたんだよ」

智里は頭の中で思いあたることを探った。

「廉先輩が遅刻にうるさいのって、それで？」

「そうそう。最低限の決まりごとを守ってこその自由だっていうのが、先輩の信条なんだ。すごくあたりまえだけど、正しい意見だよね」

「……それは、まあ」

「所持品検査もそうだよ。前に先生の抜き打ち検査が入って、煙草で停学くらった先輩が何人かいたんだ。処分は、本人にも寮の自治にもマイナスだから、事前に寮内できっちりやろうってことになった。廉先輩のおかげで、今の寮の自治権は守られてるんだよ」

「………」

「シメるところはシメるけど、そのほかには大らかなのが廉先輩のいいところだよ。そうやってみんなから信頼されてるから、『夢のお告げ』なんてふざけたことやっても受け入れられるんだと思う」

「…知らなかった」

智里は自分が恥ずかしくなった。知らなかったのは本当だが、少しの想像力を働かせればわかることを、知ろうともしなかったのも本当だ。

思えば廉に対する悪印象は、勝手な思い込みと気鬱《きうつ》の八つ当たりという部分がかなり大きかったと、智里はいまさらながら気付いた。

やり場のない鬱屈《うっくつ》を、智里はどこかにぶつけたかっただけなのだ。

「よう、最近早起きだな」

健吾と一緒に食堂に行くと、廉がにこやかに声をかけてきた。

部屋替えをしてから、智里の不眠は完全とまではいかないもののかなり解消されて、朝寝坊することもなくなっていた。

思えばそれは廉のおかげなのだが、もともとお礼を言ったりするのは苦手な性格のうえに、最初にやたらと反抗的な態度をとってしまった決まり悪さもあって、廉の前ではついぶっきらぼうな態度をとってしまう智里だった。

「涼しくなってきたから、よく眠れるんです」

智里がそっけなく答えると、違うだろうとでも言うように健吾が冗談めかして肘鉄《ひじてつ》を入れてきた。智里はうるさいという返事の代わりに、足を軽く蹴飛《けと》ばした。

それを見て、廉が年寄りくさく目を細める。

「いいねぇ、仲良し女子高生って感じで」

「どこが女子高生だよ」

「なんかオヤジっぽいですよ、廉先輩」

智里と健吾は口々に抗議した。

実際、部屋替えしてから二人の部屋の前には「女子控え室」などといういたずら書きが貼《は》られていたりするのだ。

健吾が廉の前に座ったので、智里もなりゆきで隣にトレーをおろした。

そこへ山崎がやってきた。智里と健吾を牽制《けんせい》するように見て、廉にあいさつする。

「おはようございます。隣、いいですか？」

「ああ、いいよ」

廉は山崎のために椅子《いす》をひいてやった。

「いいけど、おまえ、少しは同学年のやつらとも仲良くしろよ」

「してますよ、それなりに」

山崎は女の子のように頬を膨らませて、牛乳パックにストローをさした。

智里も、牛乳と味噌汁《みそしる》が同居した、栄養バランスは完璧《かんぺき》だが味覚音痴になりそうな朝食に箸《はし》をつけた。

廉は腕組みして、三人の下級生を見比べた。

「しかし三人揃《そろ》うと、ますます女子校じみてくるな」

「……いい加減その発想から離れたらどうですか」

智里が淡々と言うと、廉は磊落《らいらく》に笑って、すっと智里の前髪に手をのばしてきた。肌には触れず、毛先だけをつまむ。

「だったら、少しこれ切ってこい。前髪が伸びすぎて、余計に細面《ほそおもて》に見えるよ、由井は」

「うわっ、その構図、なんかラブラブなカップルみてー」

ひじきご飯をかき込みながら、健吾が益体《やくたい》もないことを言う。山崎は恨みがましい目で智里をにらみつけてきた。

余計なお世話にむっとして、智里は廉につっかかった。

「髪の毛っていえば、パーマとカラーリングって校則で禁じられてますよね」

「うん、一応ね」

「どうして寮長みずからそれを破ってるんですか」

入寮初日から気になっていた疑問をぶつけると、廉は笑い出した。

「怖いな、由井。生活指導のセンセイみたい」

「ごまかさないでください」

「残念ながら、天然なんだよ、これ」

あっさり事実を明かされて、智里はからみそこねて言葉に詰まった。

「失礼ですよ、由井先輩。事情も知らずに人の身体的特徴をあげつらったりして」

逆にここぞとばかりに山崎にからまれてしまった。それをまた佐藤がからかう。

「また始まったよ、山崎のやきもちやきー」

「なんですか、それ」

「廉先輩を独占しようったって、ムダムダ。ね、由井」

「……俺に振るな」

智里は不機嫌に答えた。山崎をからかって面白がるのは健吾の勝手だが、自分の大嫌いなそういう話題でネタに使われるのは、いかに健吾といえども不愉快だった。しかも、山崎が真に受けでもしたら、面倒くさい。

けれど、山崎はもうすでに、これまでのくだらない冗談を真に受けて鬱屈をためていたことが、次の瞬間に暴露《ばくろ》された。

「由井先輩、ちょっと訊いてもいいですか?」

ふいと山崎が訊ねてくる。

「なに?」

山崎は挑戦的な目で智里をじっとねめつけて、言った。

「先輩、教師に強姦《ごうかん》されて前の学校やめたって本当ですか?」

一瞬、気が遠くなった。

廉と健吾がぴたりと箸を止めた。それぞれに驚いたような表情で、智里と山崎を見比べている。

智里はひどくうろたえていたが、あまりに動転しすぎて、発した声は妙に落ち着き払っていた。

「なんだよ、それ」

「先輩、F高から転校してきたんですよね。俺、あそこに中学の同級生が通ってて、昨日たまたま会ったんですよ」

「…………」

「由井先輩の事件、F高じゃ結構有名らしいですね。それでいたたまれなくなったんでしょ？」

「……少し違ってる。教師じゃなくて教育実習生だし、強姦じゃなくて強姦未遂だ」

智里は淡々と訂正した。

そのままなにごともなかったように食事を続けようとしたが、一気にあれこれ思い出してしまって、もう何も喉《のど》を通らなかった。箸を置く手が震えて、皿のふちをカチカチ鳴らした。

顔をあげると廉と目があった。思いがけない真剣なまなざしが智里を見ていた。そこに好奇や同情の色はなかったが、智里はいたたまれなくなって目をそらし、トレーを持って立ち上がった。

「おまえな、事情も知らずに人のことあげつらうのは失礼だとか自分で言っておきながら、言っていいことと悪いことの区別もつかないのかよ」

山崎をたしなめる健吾の声にかぶさって、「由井」と廉が呼び止める声がしたが、智里は足を止めなかった。

動揺している自分が、ひどく屈辱的だった。

いやなことがあった場所を離れて平静を取り戻したいと思って決めた転校だったが、下世話《げせわ》な噂はいつかどこかから流れてしまうかもしれないと、心のどこかで恐れながらも予期してはいた。

けれど、よりにもよって廉の前で屈辱的な過去を暴露されたことが、なぜか智里にはひどくショックだった。


一日を鬱々《うつうつ》とした気分で過ごした智里が寮に戻ると、ホールに人だかりがしていた。

すでに寮中に下世話な噂と勘繰りが横行して、みんな自分のことを話題にしているのではないかと、一瞬自意識過剰の被害妄想にとりつかれたが、声をかけてくる寮生たちの様子に、別段変わったところはなかった。

人だかりの原因は、一人の寮生のところに親元から届いた宅配便だった。全国、ときには海外から届く食べ物類の差し入れは、こうしてあっという間に寮生たちに分配され、胃袋に納まってしまう。

「いいところに帰ってきたな」

同級生の一人が智里にお裾分けの焼き菓子を放ってよこした。

「サンキュー」

「あ、由井」

人だかりの向こうから、廉が顔を出した。朝の気まずい事情が生々しく思い出されて、智里はひやりとなった。

廉はいつもの飄々《ひょうひょう》とした笑顔で、段ボール箱をかざして智里のそばに来た。

「由井のとこにも、ご家族様から宅配便が届いてるぞ」

宅配便の一言に、周囲の目が色めき立つ。

「残念ながら品名は『衣類』だ」

廉が言うと、みんな急に興味を失った。

「手がふさがってるみたいだから、部屋まで運んでやるよ」

廉は先に立って歩き出した。

無言で前を行く廉の背中に、智里は不安と困惑を覚えながら、ついていった。

部屋では健吾が雑誌を読んでいた。気を遣っているのか、健吾は今日は学校でもほとんど声をかけてこなかった。

「おかえりー」

明るく言いながらも、智里を見る目が少し気まずそうだった。

「ホールで差し入れの分配をやってるぞ」

「ホント？」

廉の言葉に嬉々《きき》として部屋を飛び出していく。

二人きりになった部屋で、廉は荷物を隅におろし、健吾の椅子をひき寄せて座った。

「元気か？」

上目遣いに智里を見上げて、少し間の抜けたような言葉をかけてくる。

いかにも寮長らしいその気遣いに、智里はいたたまれない気分になった。

「てっきり、もう寮中の噂の的《まと》になってるかと思いました。結構笑える話だし」

ナーバスになるあまり、智里は露悪的に自分の傷を笑ってみせた。

「アホ」

廉はふと真顔になって言った。

「山崎には、あまり不用意なことを人に言うなって注意しておいた」

「…………」

「とりあえず、うちにはそんなつまんないことであれこれ言うやつはいないから、安心しろ」

「そんなの、どうして断言できるんですか」

自嘲《じちょう》的な反抗心で言うと、廉は真面目な顔で智里を見て、さらりと言った。

「俺が言わせないから」

波に足元をさらわれるように、ぐらりときた。

その屈辱的な出来事のことは思い出したくもなくて、智里は誰にも言わずに自分の中におさめてきた。けれど、黙っていることで逆にその傷は智里の中で昇華されないまま、くすぶり続けていた。

本当は誰かに聞いて欲しかったのだと、智里は初めて自分の本心に気がついた。自分がどんな思いをして、どんな気持ちになったか、誰かに話して受け止めてもらえたら、どんなに楽になるだろう。

智里は目をあげて、廉を見た。

今朝と同じ、同情でも好奇でもない強い目が智里を見ていた。

とりたてて親しい相手でもない。それどころか、ついこの間までは反感しか感じなかった上級生だ。

けれど、一寮生の様子を見て寮の部屋替えまで敢行してくれた廉を、智里は信頼できる相手だと思った。

親にも、新しい友人たちにも、決して打ち明けられなかった心の傷を、この上級生にならば話せる気がした。廉なら、きっとどんな話でも飄々と受け止めてくれる、そう思えた。

「前の学校で、数学の教生に暴行まがいのこと、されたんです」

今でもときどき夢でうなされる出来事を、智里は一つ一つ手繰りながら話した。

吉井《よしい》が教育実習生として智里のクラスにやってきたのは、梅雨《つゆ》が始まったばかりの頃だった。体格のいいやたら陽気な男で、生徒の気をひくのがうまかった。私立の、比較的素直な気質の生徒が多い校風のためか、大方の生徒は当たり障りなく吉井に馴染んだ。

智里は、吉井の陽気さにどこかおどおどとした媚《こび》のようなものが感じられるのが鼻について、あまり好きになれなかった。思えばそれはある種の同族嫌悪もあったかもしれない。

智里は人と交わることがあまり得意ではなかった。別にそれで困ることもなかったが、もしも自分が積極的に人の輪に入ろうとしたら、吉井のような滑稽《こっけい》なそぶりをするのだろうと想像できて、げんなりしていた。

とはいえ、別に吉井に敵意や悪意を持っていたわけではなく、ありていに言って関心がなかった。クラスメイトでも気の合う相手とそうでない相手がいる、それと同じことだ。

休み時間、みんなが新しいものへの興味で吉井にあれこれ質問しているときにも、智里は少数派の友人たちとしゃべったり、本を読んだりして吉井には関心を払わなかった。

その智里の態度が悪目立ちしたのか、ある日トイレで急に声をかけられた。

「由井、僕の授業はつまらないかな」

手を洗っていた智里の隣に並んで、吉井はにこやかに訊ねてきた。

一瞬、自分に話しかけられているとは思わずに、智里はちょっと戸惑った。

唐突になんだろうと思いながら、智里はぼそりと答えた。

「数学は苦手なんです」

誰の授業であろうと数学が面白いなどということはおよそ考えられない。だから智里は正直な感想を言い、それ以上話すこともないのでさっさと出口に向かった。ところがどういうわけか吉井は突如激昂《げっこう》した。

「おい、その態度はなんだ!」

怒鳴りつけられて、智里はかなり面食らった。その態度と言われても智里には他意はなかった。声をかけられたから素直に答え、用事が済んだので立ち去ろうとしただけだ。

それ以降、吉井はなにかと智里にからんでくるようになった。授業中、難解な問題に限って智里を当て、わからないと答えると智里を肴《さかな》に笑いをとったりする。一度、吉井の作成した問題で小テストをやったときには、4と9の表記が紛らわしいという理由で、この数字を含むすべての解答をバツにされた。

　最初はまったく他意のなかった智里だが、理由のないこの個人攻撃にはさすがに腹が立って、智里のほうも吉井を無視するようになった。吉井のやり方が巧妙なために、担任の目には智里が一方的に吉井に反抗しているように映ったらしく、何度か注意を受けるという理不尽な目にもあった。

　そんなことが続き、ようやく教育実習期間が終わるという前日、昇降口で吉井に呼び止められ、話があるからと教室に戻された。

「由井とはあまり打ち解けられなかったけど、僕は由井のことは嫌いじゃなかったよ」

　この期《ご》に及んで、吉井は人のよさそうな笑みを浮かべてきた。吉井の数々の大人げない言動に傷つけられていた智里には、何をいまさらという感じで、無性に腹が立った。

「僕は先生のこと、嫌いでした」

　智里はあっさり言い捨てた。思いもかけないことを言われたという相手の顔に背を向け、教室を出ようとしたとき、背後から羽交い締めにされた。振り向くと、青ざめて歪《ゆが》んだ吉井の顔があった。

「嫌いだと？　もう一回言ってみろ。嫌いだと？」

　どう考えてもどこかおかしいとしか思えなかった。

吉井は机をなぎ払い、智里を床にねじ伏せた。常軌を逸《いっ》した怪力だった。体格差もあって、智里はほとんど抵抗らしい抵抗もできなかった。

殴る蹴るの暴力を想像して身の危険に竦《すく》み上がった智里だが、相手のとった行動は思いもよらないものだった。

吉井は智里の着衣に手をかけてきた。

最初は何のつもりかまったくわからなかった。もみ合ううちにその意図に気付いて、正気を疑った。

「反抗的な態度をとって、本当は僕の気をひきたいんだろう？　なあ、由井？」

勘違いなのか嫌がらせなのか、吉井は強引に智里の服を引き剝《は》がし、思いもよらない手荒な行為に及ぼうとした。

これが吉井の報復であるなら、確かに殴る蹴るの暴力よりもよほど屈辱的でこたえる行為だった。

智里は死に物狂いで抵抗し、何発かは相手の顔や身体《からだ》に叩き込んだ。それでも吉井は暴行をやめようとはしなかった。

傾《かし》いだ机から誰かの教科書が落ち、倒れた椅子が派手な音をたてた。

放課後といってもまだそう遅くはない時間だった。その喧《やかま》しい物音に、つきあたりの音楽室で部活の片付けをしていたブラスバンド部の生徒が様子を見にきた。それは智里にとって救いであると同時に、屈辱の瞬間でもあった。

すぐに数人の教師がとんできて、智里は吉井とともに保健室に連行された。担任と生活指導の教員に状況を問われ、智里はショックと激昂と屈辱で説明の言葉も出なかった。

驚いたことに、やがて平静を取り戻した吉井は被害者めいた顔で、智里に呼び出され、殴りかかられてもみ合いになったのだと説明した。実際、吉井の顔には智里が抵抗したときのかき傷やあざがあった。そのうえ、智里は以前に吉井に対する反抗を担任から注意されたという前科があった。

ブラスバンド部の生徒の証言は智里を擁護するものだったが、どちらにしても、学校側はことを荒立てたくなかったようで、智里は処分免除と引き替えに、一切を公《おおやけ》にしないようにと約束させられた。言われるまでもなく、そんな不名誉なことは家族を含めて誰にも話す気になどなれなかった。

けれど噂は密《ひそ》やかに校内に広がっていった。

最悪だったのは、学校側の認識はあくまで智里の暴力であり、一方、校内に広がった噂は智里が暴行を受けた真実のほうだったことだ。

教育実習期間を終えた吉井が大学に戻り、智里だけが噂のただ中にとり残された。好奇と同情の視線にさらされる日々は屈辱的であり、そのうえ吉井の暴行を受けたその現場で毎日授業を受けるというのは、堪えがたい苦痛だった。

吉井に背後から羽交い締めされたときの恐怖の記憶は智里を苛《さいな》み、背後に人に立たれたり、不意に身体に触られることに、言いようもない嫌悪感と恐怖を覚えるようになってしまった。

父親の福岡転勤の話は、智里にはなによりの救いだった。

本来なら福岡までついて行ってもよかったのだが、智里は以前から、父親の転勤の際には進学のことも考えて一人で東京に残りたいと話していた。そんな自分が急に福岡行きに同意したりしたら、両親から何か勘繰られるのではないかと不安になった。馬鹿馬鹿しいようだが、十七歳には十七歳のプライドがあり、自分の不名誉を身内に知られることは、暴行そのものと同じくらいに屈辱的なことだった。

「で、寮のあるうちの高校に転校してきたっていうわけか」

静かに智里の話を聞いていた廉は、淡々と言った。

「……今思うと、逃げてきたみたいでかっこ悪いけど」

「バカ。我慢を美徳みたいに言う人間もいるけど、時と場合によると思わないか？　由井の転校の決断は正しいよ。我慢してそんな場所にいても、なんのプラスにもならない」

廉は忌《い》ま忌ましげに立ち上がった。

「しかし、自分の好きな相手が期待どおりの態度を示さないからって、そのキレ方はまるで幼児だな、そいつ」

「好きとかじゃないです。俺の態度が気に入らなくて、腹いせされただけで」

「まあそれもあるとは思うけど、普通、腹いせだけのために同性にそういう形で暴行を加えようなんて考えるか？」

「…………」

「そいつは由井のことが相当気に入ってたんだろうな。だけど由井はちっとも打ち解けてくれない。おどおどして媚《こ》びた感じがイヤだったって言ったよな？」

「……そうです」

「多分、そいつは自分が好意を持っている相手からコンプレックスを見抜かれて軽蔑《けいべつ》されてることに、逆上したんだ。転校してからは、由井の前に現われたりはしてない？」

「それはないです。転校したことも知らないはずだし」

「それならいいけど、何かあったら必ず報告しろよ？」

目を見て言われて、智里は思わずうなずいていた。

「しかし、そういうことだったとすると、木村と同室っていうのはキツかっただろ？　あいつ、ガタイはいいし、スキンシップ魔だし」

それで智里は部屋替えの件を思い出した。

前の学校の教師たちは事件をもみ消そうとするばかりで、智里の言い分など聞こうともしなかった。けれど廉は理由もわからないまま、直感だけで部屋替えをしてくれた。

「あの……」

「ん？」

「……部屋替えの件、ありがとうございました」

自尊心ばかり高い智里には、人に頭を下げるのはかなり勇気のいることだった。

廉は一瞬驚いたような顔になり、それからぱっとあけびの実のように破顔した。

「なんのこと？　あれはただの気まぐれだけど？」

悔しいけれどいい人だ。智里はつられて少し笑い返した。廉は意外そうに目を見開いた。

「初めて見た」

「え？」

「由井が笑ったとこ。おまえ、笑ってるほうがいいよ」

殺し文句のようなことを言われて、智里はわけもなくどぎまぎと視線を外した。

「まあなぁ、由井を見てると、そのバカ男の気持ちもわからなくはないけど」

廉は頭をかきながら意味不明なことをぼそりとつぶやいた。

「だけどそいつの行為に同情の余地はない。そんなヤツがホンモノの教師になるのかと思うと、空恐ろしいよな」

まったくそのとおりだった。どう考えても、廉のほうが数百倍教師に向いている。

「由井、ちょっと立って」

ふと、何を思ったのか廉が言った。

「え?」

「立って、むこう向いて」

智里は意味がわからないまま、立ち上がって窓のほうを向いた。カーテンをひいていない窓の向こうはもう真っ暗で、何も見えない。

いったい何があるのかと目をこらしていると、不意に背後から廉の腕がのびてきた。すっぽりと抱きすくめるように、智里を包む。

背筋がぞっとして、心臓が口から飛び出しそうになった。今の話のあとでこういう悪ふざけに及ぶ廉が理解できず、智里は反射的にもがいた。

「冗談はやめてください!」

廉の腕はやわらかな強さでしっかりと智里の身体にまわされていた。

「落ちつけって。別に何もしてないだろう」

前にまわした手のひらで、智里の手の甲をぱたぱたとあやすように叩いてくる。

「由井、そいつのこと訴えるつもりある？」

唐突な質問に、智里は眉をひそめた。

「ないです、そんな」

「うん。俺もなんでもかんでも公にして制裁を加えればいいとは思ってない。でも、それは泣き寝入りとは違うだろう。ちゃんと納得して、解決がついたうえでの結論だ」

廉は言った。

「だけど由井の場合、いろいろ後遺症が残ってる。人に触られることにこんなに神経質だったり」

智里はびくりと身を固くした。

「こういう言い方は語弊《ごへい》があるかもしれないけど、そのことを引きずってる間は、由井はそいつに負けてることにならないか？」

智里は言葉に詰まった。

「転校は、一つ前向きな解決策だったと思うよ。そこからさらに頑張って、トラウマを克服してみるっていうのはどうだ」

「………」

「変な意味ばかりじゃなくてさ、誰かと触れ合うのは楽しいことだろう？　それができないのは、人生損してると思うよ。たとえば、ケンカだってできないじゃん」

冗談めかすように、廉は智里の膝の裏にケリを入れてきた。

「あのさ、全然カテゴリーの違う話だけど、うちは小学生のときに親父が死んでるんだ」

「……お父さんが？」

「ああ。事故だったから突然のことで、すごいショックだったな。もう自分も死のうかと思うくらい。立ち直るのに随分かかったよ」

智里は幸いにも肉親を亡くした経験を持たないが、自分の家族にもしものことがあったらと思うと、とても怖くなる。まだ小学生だった廉のショックがどれほど大きなものだったか、想像だけでも胸が痛くなった。

「だけどさ、生きてる限りそういう不幸な出来事は絶対避けられないんだよな。うちは早すぎたけど、遅かれ早かれ順当にいけば親は自分より早く死ぬんだし」

智里は神妙にうなずいた。

「それと同じように、生きてる限り順風満帆なだけの人生なんてありえない。不幸も災難も、否応《いやおう》無しに起こってくる」

廉は、経験した者だけがわかるような力強い声で言った。

「それを乗り越えたり忘れたりしてうまく折り合いをつけていくのも、生きていくうえで大事な技術だと思うよ。今回のことに限って言えば、由井が元気に復活することが、そいつへのいちばんの報復だよ。報復っていうのも剣呑《けんのん》な言い方だけど」

言って、廉は少し困ったように笑った。

「同じ思いをしたわけでもない俺が、偉そうなこと言うのもどうかと思うけどな」

智里は小さくかぶりを振った。廉の言葉は、なぜか素直に智里の胸に落ちた。

話に気をとられているうちに、いつの間にか廉の体温に慣れていた。

窓の外、秋の早い夜の空には、鴇色《ときいろ》の円い月が浮かんでいた。

突然、背後のドアが勢いよく開いた。

「お菓子こんなにもらっちゃ……ぎゃーっ」

威勢のいい健吾の声は、途中で濁音の悲鳴に変わった。

「何やってるんですか、二人でいかがわしい」

突然の闖入者に動転する智里をからかうように、廉は腕に力を込めてきた。

「明月《めいげつ》を見ながら、二人で愛を語らってたところだ」

「っ、ふざけないでください！」

智里はじたばたと抵抗した。廉は大笑いしながら手を離した。

「冗談だよ。由井のスキンシップ嫌いを治そうと思って、ちょっと訓練してただけだ」

廉があまりにさらりと事実を口にしたので、健吾は「なーんだ」と単純に納得してしまう。

「佐藤もやってやろうか？」

「マジ？　せんぱーい！」

健吾は嬉々として両手を広げ、廉と芝居がかった抱擁《ほうよう》を交わした。

「あ、忘れてた。山崎も一緒だったんだ」

けろりと言う。山崎はドアのところで棒のように突っ立っていた。

「ごめんな、山崎。実は廉先輩と愛し合ってるのはオレなんだ」

山崎は凍りついた表情で、廉に抱きつく健吾を見ていた。

「なーんて冗談だよ。こっちおいで」

健吾の手招きで、山崎は疑り深そうに部屋の中に入ってきた。

「はい、交替」

健吾に腕をひっぱられ、今度は山崎が廉の腕の中に転がり込んだ。

「はいはい」

廉は苦笑しながら山崎をぎゅっと抱いた。

「俺は保父さんか」

「そんなようなものでしょ、先輩は」

「ほら、山崎。別に先輩は由井だけをひいきしてるわけじゃないだろう?」

山崎は魂を抜かれたような顔でうなずいた。

「一年生の中じゃ、おまえがずば抜けて面倒みてもらってるじゃん」

今度はまんざらでもなさそうにうなずく。

「だから由井にからむのはやめろよ」

やや不服げながらもなんとなく納得した様子で三度《みたび》うなずき、面倒そうに智里を見る。

「今朝はつまんないこと言って、すみませんでした」

不貞腐《ふてくさ》れながらも謝ってくる。どうやら健吾に何か説き伏せられてきたらしい。

「いや……別に」

「はい、よくできました」

廉がパンパンと手を叩いた。

「先輩、マジで保父さんですよ、それ」

健吾が茶化して、一瞬場が和んだ。

くしゃっと智里の髪を撫《な》でて、廉は山崎を連れて部屋から出て行った。おかしなことに、その手が髪をすりぬけて離れていく感触が名残惜《なごり》しいように感じられた。

健吾はやれやれといった感じでベッドに身を投げた。

「まったく山崎のやつ、お天気屋なんだから」

「……わざわざ謝らせるために連れてきてくれたのか」

「当然。言っていいことと悪いことがあるってんだ」

腹立たしげに言って、がばっと起き上がる。

「たまたま会った友達に噂を聞いたなんて言ってたけど、あいつきっとわざわざ情報ゲットに行ったんだぜ。由井が先輩に気に入られてるのが許しがたくてさ」

自分のことのように憤慨してくれる健吾の気持ちと、さっきの廉のあたたかさとがあいまって、智里は胸をつまらせた。けれど照れもあって、返す言葉はぶっきらぼうなものになってしまう。

「だけど、もとはといえば佐藤が俺をダシにして山崎を挑発したから、変な誤解をされたんじゃないか」

「あ、そうだっけ？」

健吾は頭をかいてあっけらかんと笑った。

「ごめんごめん」

「いいけどさ、もう」

「マジでごめん。それにさ、オレがホモとか言うとすげー由井イヤそうな顔してたけど、そんな経緯があったなんて知らなかったんだ。何があったのか詳しいことはオレは聞いてないけど、ごめんな、無神経なこと言って」

「いいよ、もう。それに詳しく知りたいなら、教えるよ」

智里が少し露悪的に言うと、健吾は珍しく怒った顔になった。

「冗談じゃない。オレはそこまで悪趣味な人間じゃねーよ。昔何があったかなんて、別にどうだっていいじゃん」

「……ごめん。ありがとう」

ぼそりと智里が言うと、健吾はベッドに寝そべったまま、拳《こぶし》を突き出してきた。拳に拳をぶつけると、にやっと笑う。智里も笑い返した。

「もうすぐ晩メシだよな。腹へったー」

もう何事もなかったかのように、健吾は大きくのびをする。

恐ろしい爆弾のような気持ちで抱えていた秘密が思いがけない形で明るみに出たことで、智里は却《かえ》ってとても気分が楽になっていることに気付いた。

カーテンを閉めようと窓辺に寄ると、さっき廉の腕の中で見た月が少しだけ位置を変えて冴《さ》えざえと輝いていた。

身体には、まだなんとなく廉の腕の感触が残っていた。それは不愉快なものではなく、意外にも安らぎの感触だった。

「佐藤《さとう》、実家からいいものが届いたらしいじゃないか」

夕食がすんで風呂に行く準備をしていた智里《ちさと》たちの部屋に、廉《れん》が陽気に乗り込んできた。

「相変わらずの地獄耳ですね」

「寮長のアンテナを甘く見ちゃいかんよ。で、お裾分《すそわ》けは？」

「まったく油断も隙《すき》もないんだから」

ぶつぶつ言いながら、健吾《けんご》は宅配便の箱から萩《はぎ》の月を取り出して、廉に渡した。

「二個ってケチだな、おまえ」

「ほかはみんな一個ずつですよ。廉先輩だから特別サービスです」

「へいへい、そりゃどうも」

廉は手にした萩の月を両胸にあてがい、しなを作って健吾を笑わせた。そのまま、当然のような顔で智里のそばによってきて、椅子《いす》にかけた智里をやおら背後から抱き締めた。

「なにするんですかっ」

「毎回新鮮な反応だな」

廉は茶化すように明るく笑う。

あの晩以来、廉は由井《ゆい》智里強化メニューなどと称して、ことあるごとにスキンシップをしかけてくる。寮の食堂や学校の廊下ですれ違いざまにいきなり頭を叩《たた》かれたり、廊下で背後からおぶさってきたりする。

最初はいちいち飛び上がるほど怯《おび》えていた智里だが、人間の順応性というのは大したもので、一週間もするとこの悪ふざけに慣れ、それどころか妙な安心感すら覚えるようになっていた。

小さい頃《ころ》、智里はよく人は死んだらどうなるのだろうとか、宇宙の果てはどうなっているんだろうとか、そんなことばかり考えて眠れないことがあった。けれど長い夜が明けて朝日を浴びると、急に現実に立ち返り、そんな遠大《えんだい》な答えの出ない問題はどうでもいいような明るい気分になった。

廉の存在はその朝日の光に似ていた。廉の悪ふざけや陽気な笑顔は、憂鬱《ゆううつ》を遠ざけるバリアーのようなものだ。

「先輩、そんなことして由井のトラウマがますます深くなったらどうするつもりですか」

健吾が大笑いしながらからかってくる。

「そのときは、男としてとるべき責任をとろうじゃないか」

「とって欲しくないですよっ、そんなの！」

二人にからかわれて、智里は憤慨しながら廉を振り返った。てっきりいたずら笑いをしているとばかり思った廉の顔には、思いがけず真摯《しんし》な表情が浮かんでいた。智里は思わずどぎまぎとなって視線をそらした。

このところ、こんなことが何度かあった。

あえて智里の心の傷に触れ、こんなふうに茶化すようにしながら、ふと気付くと廉の目は、妙に真剣に智里を見ている。ふざけているようで、智里の動向を冷静に観察しているようなその大人《おとな》びた視線に、智里はいつもそわそわしてしまう。

けれど智里が気付くと、その目はすぐに穏やかな笑顔に変わり、智里の頭をぽんと撫《な》でてきた。

気が付けば、転校から二ヵ月ほどがたっていた。

いろいろなことがありながらも、智里の心はようやく落ち着きを取り戻し始めていた。

けれど、それも束《つか》の間のことだった。

夜風が電線をうならせ、空《から》っぽの紙袋が宙を舞った。冷たい北風は、風呂あがりの智里には気持ちがよかった。

健吾たちと銭湯に行った帰り道だった。仲間たちはコンビニに夜食を買いに入り、のぼせ気味の智里は、店の外で風にあたって火照《ほて》りを冷《さ》ましていた。

晴れ上がった夜空は暗幕のように真っ黒で、コンビニの明るい駐車場からでも、星がたくさん見えた。

きっと寮に戻ると、仕入れた食料の気配を嗅《か》ぎつけて、廉が乗り込んでくるに違いない。想像すると思わず笑いが込みあげてくる。

ふと、強い北風が智里の肩からバスタオルをさらった。慌てて行方を追おうとすると、いつの間にか隣に立っていた男が、それを拾ってくれた。

「すみません」

お礼を言いながら顔を見て、智里は凍りついた。

「元気そうだね」

コートの衿《えり》を立ててうっそりと笑ったのは、吉井《よしい》だった。

ようやく取り戻した穏やかな日々が、まるで血の気がひくように一瞬にして遠のいていく。

パニックで震えがきた。

「……どうして？」

どうしてこんなところに、吉井が現われるのだろう。偶然にしてはできすぎている。だいたい、相手が智里の姿に驚いている気配がないのだから、偶然ということはありえない。

どうやって居場所を調べたのだろうと、智里は戦慄《せんりつ》した。それも、寮や学校の前ならともかく、こんな場所で声をかけてくる不気味さに恐怖を感じた。

つけられていたのだろうか。いつから？　どうして？

智里は無意識に助けを求めて、店内に視線をやった。レジは混雑していて、健吾たちはまだ当分出てきそうになかった。

明るい店内は外からよく見えるが、店内から外の闇は見えないに違いない。怖くなって、智里は店に入ろうとした。

その肩に、吉井の手がかかった。

生々しい恐怖の記憶がフラッシュバックして、全身が粟立《あわだ》った。

「転校したって聞いたから、よほどダメージが大きかったんだと思って心配したんだ。でも楽しそうにやってるじゃないか」

吉井はコートのポケットに手を入れたまま、得体の知れない笑みを浮かべた。

「……こんなところで、なにしてるんですか」

敵意を込めたつもりの声が、怯えたようにうわずってしまう。

「なにって、由井を見てたんだよ。風呂は気持ち良かった?」

「………」

「佐藤くんは由井を待たせて買物中か」

健吾の名前まで知っていることに茫然《ぼうぜん》となる。そんな智里の反応に気をよくした様子で、吉井は陽気に続けた。

「由井のことならなんだって知ってるよ。前は遅刻ぎりぎりに寮を飛び出してきたけど、最近は早いね」

凍りつく智里に満足げな笑みを浮かべたあと、吉井はふと真顔に戻った。

「僕のことはあんなに邪険にしたくせに、新しい学校で早速恋人を作ってるんだな。呆れたもんだ」

「……恋人?」

パニックに陥りながら意味がわからず問い返すと、吉井は剣呑《けんのん》な表情を浮かべた。

「隠したってムダだ。寮長の手代木《てしろぎ》って男だろう? 抱き合ってる姿が、窓から丸見えだよ」

ようやく合点がいった。智里はよく部屋のカーテンを締め忘れている。廉が仕掛けてくる悪ふざけは、ちょうどこの明るいコンビニの店内と同じように、外から丸見えなのだ。

誤解もはなはだしいが、それにしても廉の名前まで知っている吉井に、智里は竦《すく》み上がった。

「なあ、少し車で話をしよう。帰りはちゃんと寮まで送るから」

「別に話すことなんかありませんから」

憤りと恐怖でぐらぐらしながら、智里はきっぱりと言った。

吉井は眦《まなじり》をつりあげた。

「僕じゃダメで、あの寮長ならいいのか？」

「なに言ってるんですか。俺とあの人は、全然なんの関係もありません」

「ふうん。じゃ、あの先輩は僕と同類できみに一方的に熱をあげてるわけか」

自嘲《じちょう》的に言って、くすくす笑う。あまりに馬鹿らしいのと薄気味悪いのとで、智里は店のドアに向かってあとずさった。

ふいと吉井の手がのびてきて、物騒な強さで智里の手首をつかんだ。

「それとも反対に、きみのほうが一方的にあの寮長に思いを寄せているのかな」

つかまれた手の感触に背筋がぞっとなった。

「へえ、顔色が変わったね。そうか、そういうことか」

動揺の意味を勝手に誤解する男の手を、智里は強引に振り払った。吉井は癇癪《かんしゃく》を起こしたように少し声を荒らげた。

「話を聞いてくれないなら僕にも考えがある。きみの友達を傷つけることだってできるよ」

「な……」

「そうだ。きみの大好きな寮長を刺してもいいな。どうせきみのせいで大学も留年しそうだし、そうなれば教職も取れないし」

まさか本当にそんな暴挙に及ぶとは思えないが、そんなことを口走ること自体、すでに常軌を逸している。

「風呂あがりにいつまでもこんなところにいたら、風邪《かぜ》をひくよ。とにかく車に乗って」

「門限があるから、今はだめです」

智里は必死に、相手の神経を逆撫《さかな》でせずにこの場を逃れる方法を探した。

「今はだめってことは、別の日になら会ってくれるの?」

智里はその場しのぎにうなずいてみせた。

今さえ逃れられれば、あとはどうにでもなる。廉に相談して、ことによったら警察に通報することだってできる。

吉井は寛容そうな笑みを浮かべた。

「仮にも僕は教師を志《こころざ》していた人間だからね。きみが門限破りで罰されるようなことは、望んでないんだ。日を改めてっていうなら、それでいいよ。そのかわり、きみもきちんと約束は守れよ」

「…………」

「友達や警察を頼ろうなんて思うなよ。そんなことをしたら、きみの大事な友達や先輩がどんな目にあうと思う？」

吉井は釘《くぎ》を刺してきた。陳腐《ちんぷ》とも思える脅し文句だったが、智里の転校先を突き止め、寮生の名前や寮での動向まで知っている偏執的な男の台詞《せりふ》となると、笑うどころではなかった。

店のドアが開いて、健吾たちが賑《にぎ》やかに出てきた。

「近々連絡するから」

智里にだけ聞こえるような低い声で言って、吉井は車に乗り込んだ。

「おまたせー。なあ、今の人、知り合い？」

「……いや、タオルを拾ってくれたんだ」

健吾が出てきたらすぐに助けを求めようと思っていたのに、去りぎわの脅しが尾をひいて、口に出せなかった。

「ふうん。あ、由井、おでん食べる？　一応、大根と玉子買っておいたけど」

「あ、うん。サンキュー」

「……ねえ、湯冷めした？」

「え?」

「手が震えてるじゃん」

言われて初めて、指先の震えに気が付いた。

「さっさと帰って、おでん食おうぜ」

「ああ」

仲間たちの空騒ぎに紛れて夜の道を走りながら、智里の頭の中はどんどん凍えていった。


寮に戻ると、案の定、廉が部屋に顔を出した。

「お、きみたちいいもの持ってるじゃないか」

「寮長ともあろうものが、後輩にたかろうなんて、とんでもないですよ」

「後輩ともあろうものが、寮長にたからせないとは不届きだな。な、由井」

廉はいつもの冗談っぽい仕草で、背後から智里の肩に手をかけた。カーテンの開いた窓が表の闇を映していた。闇に潜む影を想像して智里は身を震わせ、廉の手を払いのけた。

廉は驚いたように目を見開いた。

「なんだよ。剣呑だな」

「あ……すみません」

智里は口ごもりながらカーテンをひいた。

「なんか由井は湯冷めして調子が悪いみたいですよ」

「大丈夫かよ」

「平気です。あ、よかったら俺の分、食べちゃっていいです」

話の矛先をそらすつもりで言うと、廉は眉《まゆ》をひそめた。

「十七歳男子が食欲ないなんて、重症だな。そういえば顔色が悪い」

廉の手が額に触れた。

「熱はないけど、風邪のひきはじめかな。とりあえず、もう寝ろ」

廉は強引に智里をベッドに押し込んだ。

「……まだ歯も磨《みが》いてないんですけど」

「歯なんか一日くらい磨かなくたって、死にやしねーよ。風邪には睡眠がいちばんだ」

ベッドの横に座って、廉は子供をあやすように智里の背中を叩いた。

「由井にはやさしいよな、先輩って」

「当然」

廉はにやりとした。

「やっぱりおでんを食うなんて言われる前に、寝かしつけておかないとな」

「うわっ、せこすぎ」

部屋の中は眩《まぶ》しいくらいに明るくて、さっき智里が閉めたカーテンがきっちりと窓をふさいでいた。のどかに笑う健吾がいて、廉が背中を撫でてくれている。少なくとも、今この瞬間は安全だというはかない安堵《あんど》が智里を包んだ。

この明るい部屋の中では、吉井の常軌を逸した言動は、ひどく陳腐な茶番のように思えた。教職が取れない責任まで押しつけられるいわれはない。周囲の人間を傷つけるという脅しだって、きっとはったりに決まっている。

廉を恋人呼ばわりされたことにも、智里は憤っていた。男に対してそんな感覚を持つのは、吉井くらいのものだと、心の中で毒づいてみる。

ふと我に返ると、廉の視線がじっと注がれていた。端整なのに、性格の陽気さがにじみ出ていつも何かを面白がっているような顔が、少し心配そうに智里を見ていた。

「どうした、深刻な顔して」

「……別に」

「おでんのことなら心配ないからもう寝なさい」

「せんぱーい、いい加減おでんから離れましょうよ」

健吾が呆れてますます笑う。智里はひっそり目を閉じた。

健吾と雑談を交わしながら、廉は智里の背中にずっと手のひらを置いていた。守られているような安堵感に、身体の力が抜けていく。

その居心地のよさに、智里はふと我に返った。

もともと、智里はあまり人とのスキンシップを好む人間ではなかった。それが吉井との事件で、触れ合うことが何より苦手になっていた。

それなのに、廉に事件のことを話して抱き締められて以来、その体温に不快感を覚えたことは一度もなかった。それどころか、こういう何気ないスキンシップは、智里をひどくくつろがせ、安心させた。

考えてみれば、人付き合いが苦手な智里が中途半端な時期の転校や入寮にもかかわらずうまく馴染《なじ》めたのも、廉の存在がかなり大きかった。いつもふざけてばかりで、あまり感謝を誘う性格ではないせいで、智里は廉の存在の大きさをあまり意識していなかった。

隣室の寮生に呼ばれて、健吾が席を立った。部屋の中には、急に静寂が訪れた。

「寝たのか？」

ささやくような廉の吐息が、前髪にかかった。薄目を開けると、廉の顔がすぐ目の前にあった。智里は慌てて目を閉じた。

キスされるかと思った。

そんなはずがないのに、廉の一瞬の表情は妙に切なくもの言いたげに見えた。そんな瞳に見つめられているのだと意識すると、急に身体が熱くなって、心臓が躍り出した。

智里はひどく混乱した。廉が自分に対してそんな視線を向ける理由はない。だとしたら、勝手にそんなふうに表情を読み取ったのは、智里の願望の表われだということになる。

吉井のおかしな言動が自分に暗示をかけているのだと、智里は思い込もうとした。

「由井」

もう一度、眠りを確認するように、廉が智里の名を呼んだ。少しかすれた吐息のような声に、動悸《どうき》がますます激しくなった。

思いがけないやさしい指が、智里の髪をすくように撫でてくる。

一心に眠ったふりを続けながら、智里は廉の指先のあたたかさに心を奪われていた。

意識しなければ、それは居心地のいいだけの場所だったはずだ。

ひとたび、廉の存在の大きさに気付いてしまったばかりに、足元をすくわれたような不安感が智里の胸を侵食し始めた。

「由井、手紙来てるよ」

一緒に下校してきた健吾に言われて、智里は下駄箱の中の白い封筒に気付いた。

夜のコンビニ前で吉井に再会してから、一週間ほどが過ぎていた。あの日以来、智里はまた不安定な状態に陥っていた。

学校や寮の賑わしさの中にいるときには、あの晩のことはすべてが馬鹿馬鹿しい茶番に思えた。けれど日直で放課後の教室に一人で残ったり、真夜中に目が覚めて闇に目をこらしているときなどには、誰かに見張られているような言い知れない不安に襲われた。

一週間あれこれ考えあぐね、とうとう廉か健吾に相談しようと決めた矢先のことだった。

封筒には、切手も差出人の名前もなかった。宛名《あてな》の細かく几帳面《きちようめん》な文字は、板書で見覚えのある吉井のものだった。

全身の血の気がひいた。

「もしかしてカノジョ？」

興味深げに覗《のぞ》き込んでくる健吾に何食わぬ顔で答え、封筒をポケットに押し込んだ。

「なんでもないよ」

いったん部屋に戻ってから、トイレに行って封を切った。

三枚のレポート用紙には、吉井と遭遇した翌日の智里の行動が事細かに綴《つづ》られていた。

あの晩、一方的に寝かしつけられたものの明け方まで眠れなかった智里は、翌朝、入学当初のように寝坊して、廉に強引に起こされ、学校にひきずっていかれたのだ。

『…？　寮長といるときのきみは随分楽しそうだね。信号の手前で制服のホックをかけてもらっていたときのきみの甘えた顔ときたら、女の子みたいじゃないか。まるでキスでもせがむみたいだったよ。よく恥ずかしげもなく男にあんな顔ができるもんだ。

きみが寮長にどんな欲望を抱いているか、今度彼に教えてあげようか。彼はどんな顔をするかな。

だけど、きみと仲良くなりたいと思ったのは僕のほうが先だってことを、覚えておいてもらわなくちゃ困る。きみには僕の人生を台無しにした責任をとる義務があるんだからね』

吉井の変質者めいた行為を誰かに訴えるには、その手紙はなによりの証拠物件だった。

けれど智里はそのおぞましい手紙を破いて、トイレに流した。こんなものをとても廉には見せられなかった。

智里が廉のそばを居心地よく感じ始め、廉に対して特別な感情を抱き始めているのは確かだった。そして、そのことを智里は絶対に廉に知られたくなかった。

もちろん、こんな手紙は根拠のない悪質な冗談として流してくれる可能性のほうが高い。けれどもし万が一、これで廉が智里の気持ちに気付いてしまったら？

智里は、吉井の倒錯した感情に心底ぞっとしている。それと同じように、智里の気持ちを知ったら、廉は今智里が感じているのと同じような嫌悪感を、智里に対して持つかもしれないのだ。

思いもよらない形で、智里は吉井に弱点をつかまれてしまった。

何があっても、廉には相談できない。間接的に伝わる可能性を考えたら、健吾にも言えなかった。二人に言えないことを、ましてやほかの寮生やクラスメイトになど言えるはずがない。

前の学校のときのように、口さがない噂《うわさ》や中傷の的《まと》になることが怖かった。

真っ暗闇に放り出されたような、ぞっとする気分が智里を包んだ。

常にどこかで見られているという感覚は、智里の心の平穏を台無しにした。それでいて、生活の表面上の平和を守るためには、吉井の存在を誰にも気付かれてはいけなかった。

何食わぬ顔を装って日々を過ごしながら、智里は吉井の影を恐れて、通学以外はほとんど外に出なくなった。健吾たちから買物や銭湯に誘われても、何かと理由をつけて断った。

健吾がいないときには、日中でも部屋のカーテンを閉ざして過ごした。

智里はただ、吉井がいずれこのばかげたストーカー行為に飽きて、更生してくれることを祈るしかなかった。

けれど、吉井からは三日ごとに智里の動向を記した手紙が届くようになった。

手紙には智里の登下校のときの様子などがいつも詳細にだらだらと綴られていた。そして必ず、智里の行動如何《いかん》によっては廉や寮の友人に危害を加えるというような、脅迫的な言葉が添えてあった。智里は誰にも気付かれないように、その都度《つど》手紙を処分した。

自分の身の危険もさることながら、何か行動を起こせば廉や健吾にも累が及ぶのだと思うと、とにかく周囲に悟られないように、誰にも言わず、平静を装い続けるしかなかった。

四通目の手紙が来たのは、翌日に期末テストを控えた月曜日だった。テストの前日ということで、授業は午前中で終わり、智里は健吾と一緒に寮に戻った。

下駄箱《げたばこ》にいつもの封筒を発見して、指先が冷たくなった。

「最近よく来るね、手紙。やっぱカノジョ?」

「なんでもないよ」

健吾の詮索《せんさく》をなに食わぬ表情でかわして、智里は白い封筒をポケットにねじ込んだ。

「ちえっ。秘密主義なんだから。あ、ねえ、昼飯なに食う?」

健吾の関心は、すぐに別のことに移っていった。

「俺、昼はパス。明日の英語がマジでやばいから、急いでそれやらないと」

「げー、エラいね、由井は。オレなんてもう捨ててるよ、英語」

部屋で着替えを済ますと、健吾は別の友達を誘って食事に行った。

智里はいつものようにまず部屋のカーテンをきっちりと閉め、おぞましい封筒の封を切った。

『今日は学校は半日で終わりだろう』

手紙は、智里の日程など知り尽くしていると言わんばかりの一行で始まっていた。

『前に会ったとき、きみは日を改めれば時間をとってくれると言ったね。優秀なきみのことだから、テストの前日に一夜漬けで勉強をする必要なんかないだろう?

今日の七時に、この前のコンビニで待っているよ。もちろん約束は守ってくれるよね。

万が一、守ってもらえないようなら、きみの大事な寮長や佐藤くんに、何が起こっても知らないよ』

全身から血の気がひいた。

吉井になど、死んでも会いたくない。けれど、行かなかったら誰にどんなことをされるかわからない。

こうなったら、もう誰かに本当のことを話して相談に乗ってもらうしかないと、智里は何度か机を離れた。けれど、ことによると今のこの状況も吉井に監視されている可能性がある。誰かに話したりしたら、たちどころにその誰かの身に何かが起こるかもしれない。

偏執的な手紙の感化を受けて、智里は病的に神経過敏になっていた。

思考は繰り返し同じ回路をたどっていく。

なすすべもなく机に向かって煩悶《はんもん》していると、不意に部屋のドアが開いた。

健吾が戻ってきたのだと思って、智里は慌てて手紙を教科書の下にねじ込んだ。

「はかどってるか？」

入ってきたのは健吾ではなく、廉だった。

「メシも食わずにオベンキョーだって？　佐藤が心配してたぞ」

「……転校してきて初めての期末だから、焦ってるんです」

「まあ気持ちはわかるけど、血糖値が下がると脳ミソの働きも落ちるぞ」

廉は部屋を横切って、無造作にカーテンに手をかけた。

「開けないで！」

恐怖感で、悲鳴に近い声が出てしまう。廉は怪訝《けげん》そうに智里を振り返った。

「なんだよ、こんな薄暗い部屋で。吸血鬼じゃないんだから」

「……暗いほうが集中できるんです」

ぼそぼそ言って、智里はあたかも邪魔されたくないというように、教科書に視線を落とした。

ぽんと肩に廉の手が置かれた。

「なにかあったのか？」

もみほぐすような手から、あたたかいものがじんわりしみ込んでくる。気持ちがくじけて、智里はなにもかもを廉に打ち明けてしまいたい衝動にかられた。

振り向くと、廉は少し眉根《まゆね》を寄せて、あの真摯《しんし》な目で智里を見ていた。

「どうした？」

何かを錯覚してしまいそうなその目に、智里は口を開きかけたが、うまく言葉が出てこない。開いては閉じる智里の口に、廉の指先がのびてきた。冷たい指が唇に触れ、智里の心臓はどきどきとなった。

廉は少し困った表情を浮かべたあと、苦笑して智里の唇をつまんで引っ張った。

「コイみたいにぱくぱくしてないで、なんでも言ってみろ。寮長なんてそのためにいるようなものなんだから」

寮長という一言に我に返り、智里は言いかけた言葉を飲み込んだ。そう、廉は寮長という役職上、自分を心配してくれているにすぎないのだ。

もし、廉に相談したことがばれたら、吉井は報復として智里の気持ちを廉にばらすかもしれない。そんなことになったら、廉は智里が吉井に感じているような嫌悪感を智里に対して抱いて、もうこんなふうに親身になってくれることだってなくなるかもしれない。

智里はかぶりを振った。

「なんでもないです」

「本当に?」

「試験のことがすごく心配で。それだけです」

智里はきっぱりと答えた。

「ああ、それで思い出した」

廉はポケットから無造作に折り畳まれた紙片を引っ張りだして、机の上に放った。

「なんですか?」

「去年の英語の試験問題。もちろんこのまま使われるわけじゃないけど、傾向としては参考になるだろう」

智里はひっそり微笑《ほほえ》んだ。寮長の責任感とはいえ、やはりこういう廉のさり気ない気遣いは、うれしかった。

「あの……ありがとうございます」

「いやいや。由井、確か家族は福岡だったよな?」

「そうですけど…」

「じゃ、礼は明太子《めんたいこ》でいいから」

「……結局、それですか」

呆れてみせると、廉は鉄砲《てっぽう》ゆりのように笑い、智里の肩を一つぽんと叩いた。

「まあせいぜい頑張れよ。健闘を祈る」

智里は苦笑いで、出て行く廉の背中を見送った。

こんなささやかで馬鹿馬鹿しいやりとりが、智里にとってはここで手に入れたかけがえのない日常だった。

誰にも迷惑はかけたくない。この退屈でありきたりで、そのくせ大切な日々を失いたくない。

吉井には一人で会うしかないと、智里は心に決めた。


「ちょっと買物に行ってくる」

夕食の直前、智里は何気なさを装って、健吾に声をかけた。

「え、今頃?」

「消しゴムを無くしちゃったんだ。明日の試験のとき、ないと困るから」

それ以上何か訊《たず》ねられないように、足早に寮を出た。

十二月の夜風は冷たくて、すぐに耳がちぎれそうに痛くなった。

少し早めについたコンビニの前で、見覚えのあるコート姿の長身が智里を待っていた。

「きっと来てくれると思ってたよ」

吉井はまるでなんの邪気もないような顔で笑う。

智里は哀《かな》しいような嫌悪感でぞっとなった。

「すみません、車は酔うから……」

すぐにキーを取り出した吉井に、智里は言った。怖くて、とても車になど乗れない。

吉井は少し笑った。それでも智里が出てきたことで、機嫌は悪くないようだった。

「警戒してるの？」

「じゃ、少し歩こうか」

交通量は多いが人気《ひとけ》のほとんどない道を、黙々と歩いた。

訴えたい言葉は喉元《のどもと》まで出掛かっていたが、最初のときとは違って、相手の逆上しやすい性格を知っている今は、うかつには切り出せなかった。

吉井は鼻歌でクリスマスソングを歌っている。その場違いな陽気さが空恐ろしかった。

個人病院の駐車場の前で、吉井は足を止めた。すでに診療時間を過ぎて、駐車場は人気がなかった。コンクリートの車止めに腰をおろして、吉井はやおらどうでもいいようなことをしゃべり出した。

「最近、何か面白い映画は見た？」

「……いいえ」

「若いのにダメだな。僕はね」

上機嫌で映画談義を始める。智里が口を挟む隙《すき》もなく自分の好みや見解を延々とまくしたてくる。しばらく話を聞いているうちに、靴の中で冷えた指先が感覚を失っていった。

そっと腕時計に視線を落とすと、七時半を回っていた。

智里の視線に気付いた吉井が、話を切った。

「寮の門限は何時だったかな？」

「八時です」

「そうか。高校生に門限破りをさせるなんて、教師の卵として失格だな、僕は」

妙に陽気な甲高い笑い声をあげる。今戻れば、余裕で門限には間に合う。吉井の言い方はまだしばらくは智里を帰すつもりはないと宣言しているようだった。

「吉井先生」

「なに？」

「前の学校で、俺の態度に失礼なところがあったら謝ります」

智里はひっそりと言った。自分に非があったとは思っていなかったが、この際、プライドや正義などどうでもよかった。つきまとったり、周囲の人間に危害を加えるようなことさえやめてくれるなら、どんなことだってする。

吉井はそれをどうとったのか、相変わらず上機嫌のまま首を振った。

「いや。僕のほうこそ大人げないことをしたね」

相手の顔色を窺《うかが》いながら、智里は意を決して口を開いた。

「もう、つきまとうのはやめてくれませんか」

吉井は意外そうに智里を見上げた。

「つきまとうとは心外だな。僕はきみが新しい学校でうまくやっていけるかどうかが心配で、見守ってるだけだよ」

見守るだって？　冗談じゃない。

「あれからずっと考えていて、ようやくわかったんだ。きみが僕にああいう態度をとったのは、僕の気をひきたかったからだろう？」

吉井は支離滅裂なことを言い出した。この期に及んでなんの冗談だと智里は唖然《あぜん》となったが、吉井の顔は真面目そのものだった。

「それなのに、なにもわからずに手荒なことをしてしまって、悪かったね」

どう反応していいのかわからず、智里は最前の台詞を繰り返した。

「とにかくもう、つきまとわないでください」

「きみも意地っ張りだな。もうわかったって言ってるじゃないか」

ふいとのびてきた手が、智里の手首をつかんだ。智里は竦み上がった。

「今日会ってくれたことが、きみの気持ちだと思っていいね?」

「だって、会わなかったら俺の友達を傷つけるって言ったでしょう」

「失礼だな、きみも。僕が一度だってきみの友達に手を出したりしたかい?」

確かに実際には出していないが、出すと脅したのは事実なのだ。核心をそらすようなこの言動は、わざとやっているのか、それともどこか常軌を逸しているのか、だんだんわけがわからなくなってくる。

智里は、一人で安易にこんな方法を選んだことを、後悔し始めていた。つきまとうなと言ってやめるような相手なら、そもそもこんな状況には陥らなかったのだ。

「門限があるから、帰ります」

手を振りほどこうとしたが、逆に吉井は智里をすごい力でひき寄せ、抱き締めてきた。

智里はぞっとして身を捩《よじ》った。

「やめ……っ」

「帰るって？　何を言ってるんだよ。用事は何も済んでないだろう？」

「ちょっと……」

「僕に会いたかったんだろう？　だからのこのこ出てきたんだろう？」

恐怖と嫌悪で頭の中が真っ黒に塗り潰《つぶ》されていく。智里は無意識のうちに胸の中で廉の名前を呼んでいた。

このぞっとする腕とは正反対の、廉のあたたかくてやさしい体温。憂鬱《ゆううつ》をはねのけるバリアーのような、廉のオーラ。

自分がどれほど廉のことが好きか、痛いほどに思い知らされる。

「あんな寮長なんかに代償を求めなくたって、望むことは僕がしてあげるよ」

吉井はまるで智里の内心の叫びに気付いたように言って、ものすごい力で智里を駐車場の隅にひきずって行こうとする。

身の危険どころか命の危険を感じて、智里は声にならない声で廉の名を呼び続けた。

廉の、あの飄々とした笑顔が、あたたかいあかりのように懐かしかった。

不意に、智里は後頭部に強い衝撃を受けた。一瞬、意識が遠退きそうになる。

よろけた智里の頭が吉井の頬骨《ほおぼね》にぶつかり、吉井は衝撃で智里から手を放した。

「先輩のノーコン！　由井に当ててどうするんですかっ」

「悪かったな」

朦朧《もうろう》とする頭の中に、聞き慣れた二人の声がした。

四つん這《ば》いになっている智里の視界に、見覚えのある廉の鞄《かばん》が転がっていた。どうやらこれが後頭部を直撃したようだった。

ふらつく頭で振り返ると、外灯の逆光に廉と健吾のシルエットが切り取られて見えた。

「大丈夫？」

すぐに健吾が駆け寄ってきて、智里の顔を覗き込んだ。どうしてここに二人がいるのか、すぐには理解できなかった。

「なんだ、きみたちは」

智里の内心の疑問を、吉井が怯えたような声で口にした。

「なんだもなにも、よくご存じでしょう。あんたがこれにご丁寧に名指しで書いてくださった、由井の友達と寮長ですよ」

これ、と廉がかざしたのは、智里が今日受け取った手紙だった。

いつもはその都度処分していたが、今日は気が動転していて、教科書の下に隠してそのまま出てきてしまったのだ。

「三日に一度こんな手紙を送りつけて、挙げ句の果てにこんなところに呼び出して暴行に及ぼうなんて、立派な犯罪者ですよね。自覚はありますか?」

「な……」

吉井は智里が密告したと思ったらしく、責めるような視線を向けてきた。

「ああ、言っておきますけど、由井は手紙のことなんか一言もしゃべってないですよ。寮の責任者として、俺が勝手に調べたことです」

廉は淡々と言った。

「まあ今回のこと以前に、前の学校で由井に働いた暴力だけで、すでに充分処罰に値すると思いますが」

「……っ、きみには何の関係もないだろう。これは由井と僕の問題だ」

吉井はこの寒さの中で額に汗を浮かせて、廉に食ってかかった。

「実際、由井だって自分から進んで僕に会いにきてくれたんだ。きみたちにあれこれ言われる筋合いはないね」

「脅迫状で人を呼び出しておいて、進んでって言い草はないでしょう。これは物的証拠になりますね」

「………」

「脅迫と暴行の証拠は、ほかにもありますよ。まず、由井のポケットに仕込んだウォークマンで、会話を録音してあります」

「え？」

これには智里も驚いた。

「本人にも内緒で仕込ませてもらいました。それから、さっきあんたが由井につかみかかった現場も、撮影させてもらいましたから」

「そうでーす」

健吾が地面に転がっている廉の鞄から手帳ほどの大きさのビデオカメラを取り出し、画面を起こして構えてみせた。

「さて。それじゃ証拠も揃《そろ》ったことだし、警察に行きますか」

吉井の顔色が変わった。

「ちょっと……待ってくれ。警察って……そんな大したことじゃないだろう」

「なに寝言を言ってるんですか。人を脅迫状で呼び出して暴行に及ぼうとしたっていうのは、充分大したことでしょう」

「きみは大げさすぎるよ。教育実習先の高校だって、あの程度のことは大した問題じゃないからって内々でもみ消してくれたし」

「それはバカな学校のバカなセンセイがたが、学校の体面を保つために秘密裏に処理したかっただけで、あんたをかばったわけでも、罪が軽いと判断したわけでもないでしょう」

吉井は落ち着かなげに視線をさまよわせた。

「俺にはあんたや学校の利害を守る義理なんて一切ありませんよ。さて、行きましょうか」

「ま…待てよ。表沙汰《おもてざた》にしたら、由井がいたたまれない思いをするぞ。前の学校だって、彼はそれで居られなくなったんだから。かわいそうだと思わないか？」

「そんなこと、加害者のあんたが心配するのは本末転倒でしょう。だったら最初からこんな真似《まね》、しなきゃいいんだ」

「………」

「幸い、うちの学校はそんなことで仲間を白い目で見るやつはいませんし、何かあったら俺が守りますから。ご心配なく」

廉は吉井の腕をつかんでひきずり上げた。

吉井はうろたえたように尻込《しりご》みして、弱々しくかぶりを振った。

「待ってくれ。確かに、僕もどうかしてた。卒業の単位が危なくて……就職先もまだ決まってないし、ちょっとノイローゼ気味で……」

「心神耗弱《こうじゃく》を装えばなんでも許されると思ったら、大間違いなんだよ」

「……僕はただ、由井のことが忘れられなくて……」

「恋愛っていうのは、両者の意志の疎通があって初めて成立するものでしょう。いい歳《とし》して、やっていいことと悪いことの境界くらい、きちんと把握してください」

淡々としながら、廉の言葉や表情には気圧《けお》されるような凄味《すごみ》があった。

智里は冷たいコンクリートの上に座り込んだまま、健吾と一緒に、いつもと違う廉を呆然と眺めていた。

「自分のやったことが犯罪だったと認めますか?」

「……だって、そうでもしなかったら、由井は会ってくれないし」

「認めないんですね。じゃ、警察に行きましょう」

「待ってくれ。悪かった。行きすぎだったと思う。だけど僕も、卒業の単位とか就職のことで悩んでて……」

「しつこいな。あんたの悩みは、あんたの家族か友達に相談してください。それで、もう二度と由井のまわりをうろつかないと誓いますか?」

「誓えば、警察に行かずに済むのか?」

「……そうですね」

「わかった。じゃ、誓うよ。誓えばいいんだろう?」

吉井は卑屈と傲慢《ごうまん》がまざった表情で、捨て台詞のように言った。

廉は一つため息をついた。

「じゃ、ちょっと失礼します」

「え？　……っ」

一瞬、智里には何が起こったのかわからなかった。鈍い音のあとに、吉井の身体がアスファルトの上に転がっていた。

「廉先輩、やりすぎ、やりすぎ!!」

健吾が駆け寄って、廉の拳《こぶし》を押さえつけた。

あの穏やかな廉が人を殴るなんて信じられず、智里は放心状態でその光景を眺めていた。吉井は毒気を抜かれたように、這いつくばったまま駐車場をあとずさった。

「俺が温厚な高校生だから、この程度で済むんですよ」

脅しのこもった声に、どこが温厚だよと小声で健吾が間《あい》の手を入れた。

「自分が由井にしたことを、逆の立場で考えてみたらどうですか。なんなら俺があんたをストーキングしてあげましょうか。四六時中つけまわされて、おかしな手紙を送りつけられた果てに、暗闇でつかみかかられる気分を味わってみますか？」

廉の右ストレートがよほどきいたとみえて、吉井は無言でかぶりを振った。

「じゃ、今回の件は今の一発でロハにしておきましょう。そのかわり、また由井のまわりをうろつくことがあったら、証拠一式をそろえて即刻警察に通報します。俺も、次回は手加減しませんから」

廉は冷ややかに言い捨て、鞄を拾ってそっけなくきびすを返した。

「行こう」

健吾に促されて、智里はよろけながら立ち上がった。放心した様子の吉井を残して、智里と健吾は廉の背中を追った。

動転していて気付かなかったが、吉井ともみ合ったときに左足をひねったらしく、力を入れると痛んで歩きにくかった。右手の甲も、どこにぶつけたのかひどく擦《す》り剝《む》けている。

「由井、平気?」

「……ああ、うん」

健吾が心配して歩調をゆるめてくれる。

一方、廉はどんどん前を行ってしまう。

「あれは相当怒ってるな」

「……どうして?」

訊ねる智里を、健吾は呆れたように見た。

「どうしてじゃないだろう。あのヘンな男につけまわされてたことを誰にも言わずに、のこのこ呼び出しに応じたりするからだよ」

「なんでそのことを廉先輩が知ってるんだよ。手紙が三日置きに来てたこととか……」

「オレが話したからだよ。銭湯の帰りに妙な男としゃべってたとき、様子がおかしかったし、そのあと、あのヘンな封筒が届くたびに由井の顔色が変わるから、妙だなと思って」

平静を装っていたつもりなのに、見抜かれていたことに智里は少し驚いた。

「最近、素行もおかしかったしね。昼間から部屋のカーテンを閉めてみたり、外出に誘っても全然のってこなかったり」

「…………」

「そのくせ、今日は急に一人で出掛けるなんていうから、変だと思ったんだ」

「それでウォークマンしかけたの？」

健吾は吹き出した。

「その服のどこにそんなものが入るんだよ。あれははったりだよ。それからビデオもね」

笑いながら、フリースのポケットから件《くだん》のビデオカメラを引っ張り出した。間近でみれば、それはビデオカメラなどではなかった。

「……それ、電子辞書じゃん」

「そうだよ」

健吾は辞書の画面を起こして縦に構え、ありもしないレンズを覗き込む真似をした。

「この暗さだし、やましいところのあるやつは簡単にだまされるって廉先輩が言ってたけど、まさにそのとおりだね」

智里はあっけにとられた。

「あのさ、なんかこういう言い方、クサくてヤなんだけど」

健吾は歩道の空缶を蹴飛ばしながら言った。

「寮って一応でっかい家族みたいなものだろ？　だったら、困ったことがあったら身内のオレらに相談してくれてもいいんじゃない？」

少し怒ったような健吾の言葉は、ひりひりと智里の胸にしみた。

「……ごめん」

「なーんてね。今のは廉先輩の内心の声を代弁してみました。まあほら、今日のあの手紙を見たら、オレたちを楯にとられてたみたいだから、まあ、それで言えなかったのかもしれないけど。先輩は頼りにしてもらえなかったのが相当ショックだったみたいだよ」

智里は、前を行く廉の背中を切なく見つめた。

言いたかったけれど、言えなかった。自分の気持ちを廉にはどうしても知られたくなかったのだ。

夕食や風呂でごった返す寮に戻ると、先に着いていた廉が部屋の前で待っていた。

「おまえはこっちだ」

「え……」

健吾と一緒に部屋に戻ろうとした智里の腕を、廉が少し乱暴につかんだ。

「せいぜいシボられてこいよー」

健吾はにやにや笑って手を振った。

無表情の廉に連れて行かれたのは、普段は滅多に入ることもない救護室だった。

最前の恐怖の余韻と、廉の不機嫌とで、智里は緊張して救護室の入り口にへばりついていた。

「足」

「え？」

「出せよ、左足」

さっさと行ってしまったくせに、智里の足の不具合には気付いていたらしい。智里は丸椅子に腰をおろして、いつにない廉の不機嫌な口調にびくびくしながら、左足をゆだねた。

「捻挫《ねんざ》はしてないいな」

廉は足首を調べ、湿布を貼《は》った。

「手の傷は舐《な》めときゃ治る。頭は？」

さっき鞄があたった後頭部のことらしい。

「大丈夫です」

「言っておくけど、鞄をおまえにぶつけたのはわざとだからな」

廉は不機嫌そうに言った。

「誰にも相談しないで、一人でストーカーの呼び出しに応じるなんて、おまえはバカか？」

不興顔で言われて、智里は身を竦ませた。

廉は腕を組んで、智里を見下ろしてきた。

「そんなに俺は信頼できないか？」

胸が熱くなって、智里はかぶりを振った。

「そうじゃなくて、迷惑かけたくなかったから…」

「それこそがありがた迷惑なんだよ。何やら手紙で脅されてたようだけど、俺にしても佐藤にしても、少なくともおまえよりはましな対処ができる。それを、一人でどうにかしようなんて、なに考えてるんだ」

廉はがみがみと続けた。

「だいたい、相手の脅迫に一人で悩んでいくおまえのその性格が、ストーカーを増長させるんだよ」

考えてみれば、智里はこれまで廉の怒った顔をほとんど見たことがなかった。廉はいつでも温厚で、寮内に陽気なオーラをふりまいている。その廉がここまで怒って、あまつさえ智里の性格まで非難してきたことで、智里はひどくショックを受けた。

廉は自分のバカぶりに呆れて、愛想をつかしているのだ。

智里は、みじめな自分が情けなくて腹立たしくて哀しくなった。この期に及んでなお自尊心の高い智里は、泣き出しそうな自分をごまかすために、不貞腐れてみせるしかなかった。

「……先輩くらいご立派な性格だったら、ストーカーにも、被害者にも、なりませんよね」

「なんだよ、その言い草は。俺たちが行かなかったら、おまえいまごろあのバカ男になにされてたか、ちゃんとわかってるのか？」

図星を指されて追い詰められ、智里は余計に反抗的になった。

「吉井先生は確かにバカ男だけど、俺、先輩よりは先生の気持ちのほうがわかります」

売り言葉に買い言葉で言い返すと、廉は軽蔑《けいべつ》したように智里を見た。

「ストーカーに同情する被害者がどこにいるんだよ。ったく、そんなこと言ってるなら、強姦《ごうかん》でもなんでもされちまえ、バカ」

きつい言葉でなじられて、我慢していた涙がとうとうこらえきれなくなった。

智里は自分の膝に顔を埋めてしゃくり上げた。さんざん怖い目に遭った挙《あ》げ句の果てに廉にまで愛想をつかされて、もう自分でもどうしたらいいかわからなかった。

「おい……」

廉が面食らったように言う。

こんなことで泣く自分が情けなくて惨めで、けれどひとたび気持ちが折れると、虚勢も意地も萎《しお》れていってしまう。

「由井」

廉が傍らにきて腰を屈めた。小さく舌打ちして、智里の肩に手をのせてくる。

「悪かった。言いすぎたよ。おまえが相談もなしに危険に身をさらすようなことをするから、つい頭に血がのぼっちまった」

「だって、相談なんて、できなかった……」

智里は嗚咽《おえつ》をかみ殺しながら、混乱する気持ちを吐き出した。

「相談なんかしたら、あいつは俺の気持ちを先輩にばらすって言うし……」

「由井の気持ち？」

緊張の糸が切れて、思考がぐしゃぐしゃになる。気持ちの歯止めがきかなくなってしまう。

「俺は、あいつのことが大嫌いだったけど、嫌えば嫌うほど、自分の姿が重なって……もし俺だったら、自分の好きな相手からこんなに毛嫌いされたら耐えられないって……だから俺の気持ちは、絶対先輩には知られちゃいけないって……」

口をついて出てしまった本音に、智里は絶望的になった。顔もあげられないまま、しゃくり上げた。

もうだめだ。これで何もかも、おしまいだ。

「由井」

廉の手が、智里の肩を揺すった。

「泣くやつがあるかよ、バカ」

混乱の只中《ただなか》にある智里には、いつの間にか廉の声がいつものやさしいトーンに戻っていることに気付く余裕もなかった。

「由井」

強引に顎《あご》を起こされ、智里は子供のようにかぶりを振った。

歪《ゆが》んだ視界のすぐ目の前に廉の顔があり、一瞬後には、唇で嗚咽をふさがれていた。

心臓が、耳から押し出されそうになる。

やわらかくて、少し冷たい、廉の唇。

あまりの驚きに、涙さえ止まってしまう。

背もたれのない椅子から落ちそうになって廉の背中にしがみつくと、やわらかい舌が歯列を割ろうとする。智里は我に返って廉の身体を押し返した。

心臓が耳の中で太鼓のような音を立てている。

「何を……なんで……」

まわらない舌でもつれながら言うと、廉は名残惜《なごり》しそうに智里の鼻の頭に唇をつけて、苦笑した。

「俺も間抜けだけど、おまえも鈍すぎる。俺がおまえを好きだってこと、気付いてなかったのか？」

「……え？」

「え、じゃないだろう。いくら俺が寮長だからって、悩みごとのある寮生をいちいち抱っこして慰めてまわるほど、粋狂じゃない」

智里にはもう、何がなんだかわからなかった。心臓だけが痛いほどに暴れまわっている。

唇には、しびれたような生々しい余韻があった。

「最初から気になってたんだ。顔に似合わず酒と煙草《たばこ》なんか持ち込むワルぶったところがあるかと思えば、何やらわけありげで妙に神経質だし」

外用薬

手のひらで、智里の頬を軽く叩く。

「危なっかしいやつだなと思って見てるうちに、ハマっちまった」

「…………」

「さっき、おまえが一人でふらふら出掛けて行ったって聞いて、どれくらい焦ったかわかるか？」

たしなめる廉の口調に、胸がきゅっとなる。

自分のことで、廉がこんなに心配してくれていたなんて。

しかも、寮長としてではなく、個人的な好意で気にかけてくれていたというのだ。

にわかには信じられず、智里は焦点のあわない目で呆然と廉を見つめた。

「おい、起きてるか？　なんとか言えよ」

思考力など、もうほとんど残っていなかった。

「なんか……やっぱり吉井先生に申し訳ない気がしてきた……」

智里の頓珍漢《とんちんかん》な答えに、廉はがくっと首を落とした。

「おまえな、この期に及んでまだあのストーカーに同情するかよ」

「だって、俺とあの人の差って、運だけで……好きな相手から好きって言ってもらえるのはすごい幸運なことだし、逆に邪険にされたりしたら、悲しいし、腹だって立つし……」

「じゃ、由井、俺にノーって言われたら、力ずくで押し倒したり、行動を監視したり、脅迫状で呼び出したりするのか？」

「そんなことはしないけど、したい気持ちにはなるかもしれないです」

「その、実際にやるか、やりそうっていう段階でとどまれるかが、大事なんじゃないのか。人間が願望とか欲求を制御なしに行動に移してたら、世の中に秩序なんかなくなっちゃうだろう」

「そうだけど……」

「同情の余地は常にあるけど、何かやらかした人間の心情や動機にやたら共感したり同情したりするのはどうかと思う。悪いことは悪いって批判する勇気も必要だろう」

智里は廉の言葉を考えた。

「……結局、俺はあいつに同情してるふりで、自己弁護の予防線を張ってるだけなのかな」

「予防線？」

「自分も同じ状況だったらやってたかもって想定して、相手に寛容なふりで、本当はやりそうな自分をかばってるのかも」

「そういうのは、きっと誰でもあるんだろうな。相手に対して寛容でいれば、自分が同じことをしても非難されずに済む」

「……そうですね」

「人にやさしく自分に厳しく、とか言うけど、人に厳しくすることで自分を律するっていうのもアリだ。寮生活なんていうのは、それにはうってつけの場だな」

廉は鹿爪らしい顔で言って、吹き出した。

「しかしエラい高校生だな、俺たち。何事からも教訓を得る、この崇高な姿勢」

茶化す廉につられて、はれぼったい目で小さく笑うと、廉はふわっと微笑んだ。

「前にも言ったけど、由井は笑ってる顔がいちばんいいよ」

流れるような自然な動作で、廉は智里を抱き寄せた。

「今日は暴れないんだな」

「……足が痛いから」

智里は見栄っぱりな言い訳をした。

心臓がどきどきする。

自分の想いを告白し、廉の気持ちを知った今、廉に触れられることには、これまでと違った高揚と緊張感があった。

「いきなり泣かれて死ぬほどびびったよ、さっきは」

耳元に切なげなため息が触れた。

どきどきはさらに激しくなり、胸の奥がよじれるように甘く痛んだ。

再び視線が絡み合い、今度は確信に満ちたそぶりで、廉の顔がゆっくりと近付いてきた。

唇が触れそうになった瞬間、廊下から賑わしい足音が響いてきた。

「今日の酢豚は量が少ねーよ」

ドアごしの、ムードもへったくれもない現実的な嘆き声にタイミングを外された様子で、廉はがっくりと智里の肩に額を落とした。

「……意思の疎通がはかれたところで、それ以外の疎通もじっくりとはかっておきたかったんだが」

廉は冗談めかして言いながら、ぽんと智里の背中を叩いて身体を離した。

「願望と欲求にばかり忠実になっちゃいかんという教訓に従って、ひとまず現実に立ち返るか」

片手で智里の手をつかんで、椅子から立たせる。

緊張をはぐらかされて腰くだけになりながらも、智里はその手にすがって立ち上がった。

「よし、現実的にメシ食いに行くぞ」

廉は、いつものあの朝日のような笑顔で笑った。

現実に立ち返ると、急に触れあった手が気恥ずかしく思えて、智里はパッと手を離した。

「なんだよ、照れてるわけ？」

廉は茶化すように智里の顔を覗き込む。

「手をつなぐくらいで照れてたら、この先照れ死にするよ、由井くん」

「…なに言ってるんですか」

顔に血を上らせて上目遣いにねめつけると、

「ようやくいつもの由井に戻ったな」

廉は気持ちよさそうに笑って、賑わしい現実へのドアを開けた。

世界は、智里の足の下にしっかりと戻ってきていた。

暗いトンネルを一つ抜けて、智里はドアの外に一歩足を踏み出した。

週末までの距離

「初々《ういうい》しいなぁ、新入生って」

箸《はし》をあやつりながら、佐藤健吾《さとうけんご》は楽しそうに食堂内を見まわした。

「一目でわかるよな。この犬用チューイングガムみたいな竜田揚《たつたあ》げを文句も言わずに食べてるのが新入生って」

まさにその竜田揚げをもてあまして皿の端に押しやっていた由井智里《ゆいちさと》は、思わず笑ってしまった。

「いいのかよ、みんなの手本になるべき寮長が、寮の食事に文句なんか言って」

「ＴＰＯは考えてるさ。ただでさえ寮長なんてオレには不向きでストレスの多いおシゴトなんだから、由井の前でくらい本音トークさせろって」

「ストレスとはほど遠いタイプに見えるけど」

「あ、なんだよ。親友のくせに、オレという人間をわかってないな。こう見えてチョー繊細なのに」

気のおけない健吾との会話を楽しみつつ、智里は周囲に視線をめぐらせた。

新学期が始まって二日、寮内はいきいきとした活気に満ちあふれている。

そんななか、確かに健吾の言うとおり、一年生は一目で見分けがつく。体格の大小にかかわらず身体《からだ》の造りがやわらかいし、まだ同級生ともうちとけていないうえに上級生への遠慮もあり、なんとなくひっそりとして行儀がいい。

「オレも二年前はあんなにかわいかったのかな」

健吾がしみじみした口調で言った。

「佐藤先輩は今でも充分かわいいサイズだと思いますよ」

底意地の悪い声が割り込んできた。

「ここ、いいですか」

山崎将人《やまざきまさと》は二人の返事も待たずに、健吾の前に夕食のトレーをおろした。

「……ケンカ売ってんのかよ、おまえは」

健吾が山崎をにらみつけた。

「おまえこそ、唯一のとりえだったかわいいサイズが、最近は規格外化してるんじゃないのか？」

「おかげさまで」

「なにがおかげさまだ。ムカつくヤツだな」

「山崎、何センチあるの？」

智里が訊《たず》ねると、山崎は淡々と答えた。

「百七十五です」

「げーっ、なんで半年で六センチも伸びてるんだよ」

化物でも見るように、健吾が眉根《まゆね》を寄せる。

確かにこのところ山崎の成長ぶりには目を見張るものがある。去年、智里が転校してきて間もない頃《ころ》には、三人ひとまとめで廉《れん》から女子高生呼ばわりされてからかわれていたのに、気がつけば山崎だけ、目線が高いところにある。顔からも甘えたような子供っぽさが抜けて、少し精悍《せいかん》な感じになってきていた。

「先輩たちと違って、育ち盛りですから」

「いっこしか違わないだろうが。おまえはもう育たなくていいから、ヨーグルトよこせ」

「なんですか、その横暴は。寮長のくせに」

「かわりに竜田揚げをやる」

「いりませんよ。どうせ固くて食えたもんじゃないんだから」

「なんだと？　賄《まかな》いのおばさんが一生懸命作ってくれてるのに、文句言うなよ」

さきほどの自分の台詞《せりふ》など忘れたように、偉そうなことを言う。

「じゃ、自分こそちゃんと食べてくださいよ」

「やだよ。顎《あご》が外れる」

二人のやりとりに、智里は思わず笑ってしまった。

「ホントに勝手な人ですね。前寮長とは雲泥の差だ。どうして佐藤先輩が寮長になんかなったのか、いまだに謎《なぞ》ですよ」

「それよりおまえが副寮長ってことのほうが、さらに謎だよ。投票したやつらの真意を聞いてみたいね。おかげで否応《いやおう》もなく同室にさせられるし」

次期寮長となる副寮長は、原則として寮長と同室ということになっている。

「おまえみたいなしょーもないガキに寮長がつとまるのかねぇ。泣きつこうたって、もう廉先輩はいないんだぜ?」

「余計なお世話です」

山崎は膨れっ面《つら》をしながら、それでもさり気ない手つきで健吾のトレーに自分のヨーグルトをのせ、健吾の苦手な竜田揚げをひき取った。

見た目だけでなく中身も、山崎は随分成長している。以前は思いやりに欠け、子供っぽいひがみをすぐ顔に出すところがあって、同級生の中でも浮いていたが、どういう心境の変化かここ数ヵ月で随分落ち着き、勝ち気さはむしろ長所に見えるようになっていた。

「由井、今日銭湯行かないか?」

斜めうしろのテーブルから同級生の篠田《しのだ》と矢島《やしろ》が、声をかけてきた。

「今日はパス」

「お、もしかしてユイちゃん生理?」

「バカ。銀行に寄るの忘れて、持ち金がゼロなんだよ」

「なんだよ。そのくらいおごるって。行く前に声かけるから」

「サンキュー」

気のいい友人たちに、智里は笑顔で答えた。

転校から八ヵ月あまりが過ぎ、人見知りの智里もいつの間にか寮生活にとけ込んでいた。健吾を筆頭に気を許せる友達も何人かでき、日々は平穏だった。

しかも、寮生の総数が奇数の今年度、智里は幸運な偶然で一人部屋を引きあて、おかげで気持ちも落ち着いて、人に触られることに対する恐怖感も少しずつ癒えてきていた。

そんな平和な日々ではあったが、ふと目の前の空席に視線をやると、智里の気持ちは少ししぼんでしまう。

廉の指定席だったその場所。廉が卒業してから、現実にも、そして心の中にもできてしまった淋《さみ》しい空洞に、智里はまだ慣れることができずにいた。

廉と気持ちが通じあってからのひと冬は、智里にとっては至福の日々だった。

といっても、廉との関係がそれ以前とそんなに変わったわけではない。常に人目がある寮生活で、廉が受験を控えていたこともあり、二人の世界に浸るような時間はあまりなかった。

それでも、寮でも学校でも常に同じ空気を吸っていて、いつでも顔を見られるということが、智里をときめかせ、また安らがせた。

そのあたりまえの日々が実はどれほど貴重なものだったか、廉が卒業して初めて知った。

二十四時間一緒にいた廉と、今は週末にしか会えない。

アルコールやニコチンの禁断症状というのはこんなものだろうかと、智里はふと思ったりする。会えないと思うと、余計に会いたくて、頭の中はそのことだけでいっぱいになってしまう。

「由井先輩、行儀悪いですよ」

たしなめる山崎の声に、智里は我に返った。無意識のうちに、箸で竜田揚げをつつきまわしていた。

「あ、ごめん」

うわの空を指摘されたことにちょっと焦りながら、智里は箸を置いた。

生まれて初めての本気の恋愛は、戸惑うことばかりだ。自分がこんなふうに誰かに夢中になるなんて、これまで想像したこともなかった。

プライドの高い智里にはそういうふわふわした恋心を楽しむ余裕などなく、むしろ骨抜きになっている自分がときどき我慢できないものに思えてしまう。

「お、懐かしいな、その制服」

待ち合わせの駅前で智里の姿を見つけるなり、廉は指で四角いフレームを作って、ひやかすように片目で覗《のぞ》き込んできた。

チノパンにカットソーという寮にいたときと変わらない服装なのに、大学生という別の世界の人になったその姿は、智里の目には妙に大人《おとな》びて垢《あか》抜《ぬ》けて見える。

一週間ぶりの廉の笑顔が眩《まぶ》しくて正視できないまま、智里はつんつんとぶっきらぼうに答えた。

「自分だってほんの二ヵ月前までこのブレザー着てたでしょう」

「そうなんだよな、遠い昔のようだけど。しかしこうして久々に見るとそそられちゃうね、おにいさんは」

「着替えるのが面倒だったんです」

そっけない言葉で本音をごまかす。

土曜日の今日、智里の学校では模擬試験が行なわれた。午後二時には終了ということだったが、そのあと進路のことで担任に呼び止められたりして、学校を出るのが予定より遅くなってしまった。一秒でも早く廉に会いたい智里は、寮に戻って着替える時間を惜しんで、待ち合わせ場所にとんできたのだった。

そういう可愛《かわい》げな自分を廉に知られるのは智里にはなにより恥ずかしいことだった。

「昼、食った？」

「まだです」

「俺も。とりあえず何か食べよう」

促されて、智里は廉と肩を並べて歩き出した。

よく晴れた土曜の午後、街はたくさんの人であふれかえり、春のうきうきとした空気に満ちていた。

「元気にしてたか」

ファーストフード店の座り心地の悪い椅子《いす》に腰を落ち着けると、廉はにこやかに訊ねてきた。

「昨日の今日で元気もなにもないと思うけど」

智里は憎まれ口を返した。会うのは一週間ぶりだが、電話では頻繁に話をしている。昨日も電話をもらったばかりだった。

「定番のごあいさつってやつだよ。まったく愛想のない子だね。電話にしたって、由井からか

けてくれたことは数えるほどだしな」

「だって、別に用事もないし」

ジンジャーエールのストローをくわえて、智里は斜に構えてみせた。

一見、廉のほうが積極的に見える関係だったが、実情は違うことを、智里は充分知っている。廉は智里に対して特に積極的なわけではなく、寮長をつとめていたことからも知れるとおり、誰にでも何にでも気さくに積極的になれる性格なのだ。

電話だって自分だけにかけてくれているわけではない。廉のあとを継いで寮長となった健吾とも、よく電話で相談にのったりしていることを知っているし、携帯のメモリーに数えきれないくらいたくさんの友達の名前が登録されていることも知っている。

廉のくれる電話はだから、あまり重い意味をもたない。

一方智里は、本当のところは毎日朝から晩まで、廉の声が聞きたくてたまらない。そんな自分の気持ちが重すぎて、なんだかうしろめたいようで、かえって電話できないのだ。

それでも、矢も楯《たて》もたまらず話をしたいときには、なんとか電話のための口実をひねり出す。それも、たとえば次に会う約束の時間を忘れたというような、自分にとって廉との約束はその程度のことだといわんばかりのことを匂《にお》わせる用件を選んだりする。

そういうポーズを取りつくろわずにはいられないほど、智里は廉のことが好きでたまらなかった。

廉と一緒の時間は瞬く間に過ぎていく。ＣＤショップをひやかし、封切られたばかりのアクション映画を観《み》て表に出ると、春の長い日も暮れかけていた。

帰りぎわ、廉が買ったＣＤをダビングしてもらうために、廉のアパートに寄った。

居心地よく散らかったワンルームの城を訪ねるのは、これが二回目だった。

「雑誌でも見てろよ」

廉は気さくに言って、ノートパソコンの電源を入れた。

パソコンでＣＤをコピーしてもらっている間に、智里は手持ち無沙汰《ぶさた》に室内を見まわした。

一人暮らしの小さな部屋は、夥《おびただ》しい数の本やＣＤであふれている。

寮ではほとんど私物をもたなかった廉だが、実は荷物のほとんどは実家にあずけていたらしい。

本もＣＤも、大半は智里の知らない海外のアーティストのものばかりで、なんとなく気おくれを感じながら、パソコンのキーボードを叩《たた》く廉の大人びた横顔を盗み見た。

考えてみれば、智里は廉のことをよく知らない。

寮ではそんなことは意識したこともなかった。寮と学校の往復でほとんど二十四時間を一緒に過ごす寮生には暗黙の連帯感のようなものがあり、寮生同士、話題も共通してくる。あえて誰かのことを知ろうなどと意識しなくても、すべて筒抜けになってしまう。特に廉の場合、寮長という役職上プライバシーはないに等しく、智里は手代木《てしろぎ》廉という人間のすべてを知っているような気になっていた。

ところがいざ離れてみたら、こうして本や音楽の趣味を見ただけでも廉との距離を感じてしまう。

パソコンの画面を見つめる横顔は端整で、大学でもさぞやもてるのだろうと、智里は落ち着かない気分になった。

「どうした？」

智里の視線に気付いた様子で、廉が顔をあげた。

智里は目を伏せて、机の上のハードカバーをぱらぱらとめくるふりをした。

「面白いか？」

「結構面白いです」

眉間《みけん》にしわが寄りそうな難解な文字の羅列を眺めながら、いい加減な返事をすると、

「すごいな。俺には全然わけがわからん。それ、大学の哲学のテキストなんだ」

廉は声をたてて笑い、智里の傍らにやってきた。

「入学早々、レポートの課題が出てるんだ。いやになるよな」

「……大学って楽しいですか？」

智里が訊ねると、廉はテキストを閉じながらうなずいた。

「楽しいよ、かなり」

廉のそんなあたりまえの答えに、智里はとり残されたような淋しさを感じて当惑してしまう。廉のいない日常に空虚さを感じる自分とは裏腹に、廉はきっと新しい生活を心の底から楽しんでいるに違いない。そう思うと、自分が芥子粒《けしつぶ》のようなちっぽけな存在になってしまったような気がしてくる。

「そっちは？　最上級生を楽しんでいるかね」

智里の心中など知るよしもない廉が、のどかに訊き返してきた。

智里は半ば意地のようにうなずいた。

「楽しいですよ。今年は一人部屋だし、うるさい上級生もいないし、毎日羽をのばしてます」

「失礼なやつだな」

廉は笑って智里の頭を小突いた。

「その後、あいつは出没してないか」

さり気なく吉井《よしい》のことを訊ねてくる。

「……さすがにもう大丈夫です」

ストーカー事件の顛末《てんまつ》を思い出して、智里は決まり悪くぼそぼそ答えた。

「また何かあったら、すぐ言えよ」

「すぐになんて無理です。こんなに離れてるし」

口に出すとそれはまるで拗《す》ねているような言い方になってしまい、ちょっと焦ってしまう。

廉は微妙なニュアンスなど気にするふうもなく、磊落《らいらく》に笑った。

「まずは手近な誰かに言えってことだよ。また一人で解決しようなんて思わずに、とりあえず佐藤でも誰でも寮のやつらに助けを求めろ。それから、ちゃんと俺にも報告すること」

「寮長気質は相変わらずですね」

智里が苦笑すると、廉はひょいと肩をすくめた。

「世話焼き寮長の延長でこんな心配をしてるとでも?」

違うんですかと冗談で返そうとした智里だが、廉の意志の強そうな瞳がすっと近付いてきて、思わず言葉が喉《のど》につかえた。

「ただの寮長だったら、こんなことはしないと思うぜ?」

さらに距離を詰めてくる廉にたじたじと身をひくと、バランスを失って智里はそのまま仰向けに倒れた。

　そんな智里の手首を床に縫いとめるようにして、廉が覆いかぶさり、唇を重ねてきた。

「……んっ」

　触れ合う唇のなまめかしさに、智里は思わず背筋を反らせて身を捩《よじ》った。何回しても、廉とのキスに慣れるということはない。やわらかい唇を吸われ、舌先を吸われ、智里の身体は腰のあたりからとろけていってしまいそうになる。

　いつの間にかブレザーの下に潜り込んだ手のひらが、シャツの上から智里の身体をやさしく撫《な》でていた。

　吉井のことが影響して、最初は廉にさえもこういうふうに触られることが怖かった智里だが、時間をかけて慣らされるうちに、肋骨《ろっこつ》をたどる指先に陶酔しそうになる自分を知った。

「ここ、由井の敏感ポイント」

　からかうように、廉が耳元でささやく。

「や……」

「いやなの？　こっちのほうがいいのかな」

「……っ、バカ」

「先輩をバカ呼ばわりとは不届きだな」

「ん……」

反射的に廉の身体を押し返しながらも、その手にも力が入らなくなって、頭の中がぼうっとしてくる。

そのときパソコンから軽やかな電子音が響いた。

「あ、コピー終了」

廉はけろりと身体を起こし、デスクのほうに歩いて行ってしまった。

とり残された智里は、寝入りばなを起こされたようなぼうっとした気分で、のろのろと起き上がった。

こんなスキンシップは廉にとってはほんのからかい半分の行為で、こうしてすぐに平静に立ち返れる。それにひきかえ智里は現実の岸辺から遠く沖まで流されてしまっていて、急には岸辺に戻れない。

そのギャップが、智里を不安にさせる。廉にとっての自分と、自分にとっての廉では、それぞれの気持ちの中に占める割合が全然違うのではないか、と。

廉はCDをケースに納め、智里の鞄《かばん》に滑り込ませながらデスクの上の腕時計に目を落とした。

「寮まで送るよ」

暗に帰宅を促すその言葉は、智里の胸を切なくさせる。

さっき廉に触れられた余韻で、頬や指先はまだ熱を帯びていた。

帰りたくない。門限なんかどうでもいいから、もう少し廉と一緒にいたい。

けれど、智里は未練など何一つない顔で立ち上がった。

「一人で大丈夫です。女の子じゃあるまいし」

「なんだよ。前のことがあるから心配してやってるのに」

「この時間ならまだかなり人通りがあるから問題ないです。それより、レポートでも片付けてください」

「うっ。いやなこと思い出させるな」

廉は胃のあたりを押さえて身を屈めた。

「じゃ、帰ります」

「ああ、気をつけて。また電話するよ」

ドアを出ると、智里はうしろも振り向かず、通りまで黙々と歩いた。

駅に向かいながら、なんとなくため息が出た。

本当はもっと一緒にいたいのに、素直な言葉が出てこない。

さらりとした態度の廉に対して自分ばかりが執着を見せるのは、プライド的に許しがたいものがあるし、なにより、廉への気持ちが強まるほど、それを見せることに智里は恐れを感じていた。

「ありがとうございました。すごくわかりやすかったです」

ちまちまとした一年生の三人組は教科書を胸に抱え、まだ子供っぽさの残る頬を上気させて一礼した。

智里は笑顔でかぶりを振った。

「またわからないことがあったら、いつでも言って」

「はい！　……あの、由井先輩の部屋まで訊きに行ってもいいですか？」

「一人部屋だから、気楽にどうぞ」

「ありがとうございます！」

元気な声を張りあげて、三人で賑《にぎ》やかにホールから飛び出して行く。

その楽しげなうしろ姿を見送っていると、背後から声をかけられた。

「慕われてますね、ガキどもに」

持ち前の少しひねくれた物言いは、山崎のものだ。

「英語でわからないところがあるっていうから、ちょっとみてやっただけだよ」

智里が答えると、山崎は茶化すように肩を竦《すく》めてみせ、智里の向かいの椅子に腰をおろした。

夕食後の寮のホールは寛《くつろ》ぐ生徒たちで賑わっていた。ふざけあっている者もいれば、数人で集まって明日の予習に励む者もいる。

以前、智里が健吾と雑談を交わすテーブルの背後で、一年生の三人組が明らかに文法のおかしな英文を復唱しあっているのを聞いてさり気なく注意してやって以来、なぜか彼らになつかれて、ホールにいるとときどき教科書片手に寄ってくるのだ。

「由井先輩、なんだか性格変わりましたね」

山崎はテーブルに肘《ひじ》をついて、値踏みするように智里を見た。

「前はなんだかつんつんしてお高くとまってる感じだったけど、最近は下級生にもやさしいし、寮の人気者って感じ」

「たかだか三人になつかれたくらいで、人気者かよ」

「ご謙遜《けんそん》を。一、二年の間じゃ結構評判いいですよ、由井先輩。やさしいし、かっこいいしとかって」

「きみには嫌われてるみたいだけどね」

以前のことを思い出して智里が口を滑らせると、

「別に、嫌ってなんかないです」

山崎はちょっと決まり悪そうな顔をした。

「あれは、廉先輩のことがあったから」

「うん、ごめん。もう気にしてないよ」

山崎は手櫛《てぐし》で髪をかきまわしながら、言葉を探すように視線をさまよわせた。

「うち、親が離婚してるんです。俺が中三のとき」

やおらそんなことを言い出す。

「そうなのか」

「俺はどっちとも同居できない事情があってこの寮に入ったんだけど、そういうごちゃごちゃしたことでちょっとやさぐれてて、寮にも馴染《なじ》めなくて。……なんかちょっと由井先輩と似てるかな」

思いがけない話に、智里は静かに耳を傾けた。

「そんなとき、廉先輩がいろいろ面倒みてくれたんです。寮生は家族同然で、おまえは弟みたいなものだから何でも言えって。俺、一人っ子だったからそういうのすげー嬉《うれ》しくて、ホントに兄貴ができたみたいな感じで楽しかった。でも、廉先輩って誰にでも平等にやさしいんですよね。学年問わずどの寮生にも」

「でも、寮長ってそういうものだろう」

「副寮長っていう立場になった今は、俺もそう思うけど、あの頃は自分のことだけ心配してくれる相手が欲しかったんです。だから、誰かさんが転校してきて、何かと廉先輩に歯向かって気をひこうとしてるのが、我慢ならないって感じだった」

「別に気をひこうなんて……」

「うん、もちろん俺の被害妄想です」

少しうしろめたい気分で口《くち》ごもる智里に、山崎は珍しい笑顔を見せた。

「ところで由井先輩、現寮長の志望大学って知ってます？」

「佐藤の？　いや、まだ今の段階でははっきり絞ってないんじゃないかな」

唐突な話題転換に戸惑いつつ智里が答えると、山崎はちょっと考え込むように首を傾《かし》げた。

「じゃ、せめて国立か私立かだけでもわかりませんか？」

「多分国立だと思うけど。俺より、同室のきみのほうがよく知ってるんじゃないの？」

山崎は唇を尖《とが》らせた。

「あの人、秘密主義者なんだ」

「そんなことないと思うけど」

智里の目から見た健吾は、天真爛漫《てんしんらんまん》でおよそ秘密主義などとは縁遠いキャラクターなのである。

「でも、なんでそんなこと知りたいの？」

智里が訊ねると、山崎は一瞬の沈黙ののち、鹿爪《しかつめ》らしい顔で言った。

「秘密です」

「なんだよ、秘密主義はきみのほうじゃないか」

そんな話をしているところに、当の健吾が姿を現した。

「珍しい顔合わせだねぇ」

面白そうに智里と山崎を見比べる。

「あ、ねえ由井、今度の土曜の午後ヒマ？　気晴らしにボウリング行こうぜ。一ゲーム無料券があるんだ」

「佐藤先輩は一年中気晴らししてるように見えるけど」

ぼそっと山崎が言った。その頭を、健吾が無造作に薙《な》ぎ払った。

「うるさいんだよ、おまえは。誰もおまえなんか誘ってないんだから、黙ってろ」

どこか憎めない二人のやりとりを眺めつつ、智里はごめんと苦笑した。

「土曜は予定があるんだ」

「なんだ。最近付き合い悪いな、由井って」

健吾が頬を膨らませる。

確かに、廉が卒業してから智里の週末は廉だけのためにあるようなものだった。

「ふられちゃいましたね」

再び山崎が茶化してきた。

「代わりに俺が行きましょうか?」

「やだよ、おまえとなんか」

「ひどいな。寮長がそういう言い方していいんですか?」

「ふん。普段は人のこと小馬鹿にしておいて、そういうときだけ寮長呼ばわりかよ」

「馬鹿になんかしてませんよ。ちっちゃな身体でよく頑張ってるなって、感心してます」

「そういう物言いを馬鹿にしてるって言うんだよ」

健吾は山崎をねめつけて、それから智里に視線を戻した。

「今週がダメなら、来週は?」

「来週もちょっと……」

「なんだよ、由井、彼女でもできたの?」

「いや……」

彼女ではなく彼氏で、しかもそれが廉だなどとはとても言えず口ごもると、健吾はますます口を尖らせた。

「ちぇっ。ったく由井は秘密主義者なんだから」

さっき山崎と話題にしていた言葉を健吾の口から言われて、智里と山崎は思わず顔を見合わせて吹き出した。


土曜の午後の待ち合わせに、廉は珍しく三十分ほど遅刻してきた。

「悪い。教習所の時間、読み違えてた」

片手で拝む仕草をして謝る廉に、智里はなにくわぬ顔で答えた。

「俺も今来たところですから。さっき遅れるって連絡もらったとき、まだ寮で寝てたんです」

「なんだよ。相変わらず寝ぼすけだな」

「だって、春は眠たいし」

言い返しながら、智里は自己嫌悪でげんなりした。本当は携帯に電話をもらったときにはすでにここに着いていて、廉がくるまでの三十分、手持ち無沙汰でぼうっとしていたのである。

本来ならそのことを口にして拗ねてみせてもいい立場なのに、智里は、廉との約束にはいつも時間の十分前にはそわそわしながら着いている自分を、知られたくなかった。

今日は、智里の服の買物に廉が付き合ってくれることになっていた。

目的の店に向かう間、いつものようにそれぞれの一週間のことがなんとなく話題になった。大学の大きな階段教室での講義の話、新しい友人の話、バイトの話、そして最近通い始めた自動車教習所のこと。廉の話はその話術もあいまってどれも面白く、日々の生活の充実ぶりが窺《うかが》える。

廉の話が楽しければ楽しいほど、智里はムキになって自分の毎日を誇張して話した。寮で起こった面白おかしいことや、最近一年生に慕われていること、そして受験勉強への熱意、などなど。

話のほとんどは智里の中で脚色されたもので、実際のところは、代わり映えのしない毎日を、ただ週末に廉に会うことだけを楽しみにやり過ごしているというのが事実だった。

「随分充実してそうだな。由井、普段俺のことなんか忘れてるだろう」

けれど、廉がそんなふうに冗談ぽく、期待どおりの反応を示してくれると、智里は少しだけほっとする。

雑談を交わすうちに店に着いた。智里はジーンズとシャツ、それにTシャツ数枚を手早く選んだ。

「こらこら、そんな勝手に決めちゃったらカレシが同行してきた意味がないでしょう。少しは相談しろよな」

　レジに向かおうとすると、Tシャツを物色していた廉にふざけ半分の口調でひき止められた。まわりに人はいなかったが、あたりをはばからぬ発言に、智里は思わず赤面した。

「相談もなにも、ジーンズなんてサイズ以外ほとんど迷いようがないでしょう。ヴィンテージものを買うわけでもあるまいし」

「下はともかく、そのシャツとTシャツはあまりに無難で面白くない」

　智里が選んだごく淡いクリーム色のシャツを、揶揄《やゆ》するように指でつまみ上げる。

「いつも地味過ぎるんだよ、由井は。もっとヴィヴィッドな色のほうが絶対似合うぞ」

　廉は智里の選んだ品をひょいと取り上げて近くの棚にのせ、代わりに眩しいほど明るいグリーンのシャツを取って、智里を鏡の前に立たせた。

　手慣れた販売員のような洒脱《しゃだつ》な仕草でシャツを広げ、智里の背後から前に手をまわして身体に当ててみせる。

　春らしい明るい色彩は、智里の繊細で少し淋しそうな顔立ちをぱっと華やかにひき立てた。

「ほら、よくお似合いですよ、お客さま」

　耳元で、廉の吐息がささやく。その声と、鏡に映ったまるでうしろから抱き締められているような自分の上気した顔にうろたえて、智里は廉の腕から逃げ出した。

「やっぱりさっきのやつでいいです。あれだったら洗い替えのないときに学校にも着ていけるし」

「若者がそんなみみっちいことを考えて服を選んじゃいかんよ。冒険しろ、冒険」

「合理的と言ってください。バイトでガンガン稼げる大学生と違って、こっちは少ない仕送りだけでやりくりしてるんですから」

胸のどきどきをいつもの憎まれ口でごまかして、智里はレジに向かった。

冒険なら、今だってしてる。同性の廉への恋心は、智里にとっては怖いくらいの大冒険だ。ジーンズの裾《すそ》上げを待つ間、智里はトイレに行って、ほてった指の先を冷たい水で念入りに冷やしながら、鏡に映った自分の顔に眉をひそめた。

上気した、間抜けな顔。どんなに平静を装っても、廉への気持ちが露骨に表情に出てしまっている気がする。

廉が選んだあのグリーンのシャツが、本当は欲しかった。似合うと言ってくれたあのシャツを着たら廉は今より自分を好きになってくれるだろうか。

けれど一方では、そういう気持ちを嫌悪している自分がいるのだった。

媚《こ》びるようなことはしたくない。どれほど廉のことが好きか、その気持ちを決して悟られたくない。

あくまで廉と対等な自分でいたかった。

ほどなく店内放送が智里の待ちナンバーを告げた。

「ちっとも戻ってこないから、トイレで誘拐されたかと思ったぞ」

廉が紙袋で智里の頭を叩いた。

レジでできあがったジーンズを受け取り、表に出ると、廉は先ほど凶器に使った包みを智里の胸に押しつけてきた。

「はい、どうぞ」

「え？」

「こちとら、ガンガン稼げる大学生ですから」

廉は片目をつぶって笑った。

白い紙袋ごしに、明るいグリーンの色が透けて見えた。

嬉しくて、胸がどきどきとなる。けれど智里はそんな浮き立つ気持ちをねじ伏せて、わざとさめた口調で言った。

「こういう派手色は、俺より廉先輩の色だと思うけど」

「なに言ってるんだよ。すげー似合ってたじゃん、さっき」

「そうかな」

心とは裏腹に懐疑的な声を出しながら、智里は今晩このシャツを抱き締めて眠ってしまいそうな自分の姿を想像して、自分で自分に決まり悪くなった。

「まあ、来週会えないから、そのお詫《わ》びも込めて」

「え？」

智里は思わず足を止めた。廉はひょいと肩を竦めた。

「土曜日は実家に行かなくちゃならないんだ。親父の命日でな」

「そうなんですか」

「で、日曜日はバイトと教習所」

「ふうん」

週末が一度抜けると、二週間会えないことになる。ひどくがっかりしながら、智里はそんな気持ちを隠して気のない相づちをうった。

「ふうんって随分淡々としてるな。淋しいとか思ってくれないの？」

「だって、もともと別々の生活を送ってるわけだし」

「だからこそ、休みの日は会いたいって思うものじゃん？　俺は由井に会えないとすげー淋しいよ」

ストレートに言って、廉はぽんと智里の頭を叩いた。

どきどきする嬉しい言葉なのに、素直に喜ぶことを阻止するもう一人の自分がいる。

廉を思えば思うほど、智里は臆病《おくびょう》になってその気持ちを伝えられなくなっていく。そんな智里の目から見ると、廉がそういうことを容易《たやす》く口にできるのは単なるリップサービスにすぎないからなのではないかと、卑屈な思いが脳裏をかすめてしまう。

「さて、このあとどうしようか」

問いかけられて、智里はちょっと考え、何気ない口調で返した。

「廉先輩の部屋でだらだらする、とか」

廉と一緒ならどこにいても楽しいが、人目を気にしないでいい廉の部屋は、どこよりも居心地がいい。二人きりの部屋で廉に触れられるときの陶然とした気分を思い出すと顔に血の気がのぼりそうで、智里は真顔を保つのに必死だった。

そんな智里に、廉は困ったような笑みを浮かべた。

「俺の部屋なら先週も寄ったろう。せっかくの上天気に、あんなところにこもってたらもったいないって」

簡単に「いいよ」と言ってくれるとばかり思っていた智里は、廉の答えにがっかりした。

「そういえば、寮でボウリングが流行《はや》ってるって言ってたよな。ボウリング行こうか」

廉の言葉の挙げ足をとるなら、ボウリングだってせっかくの天気を無視した室内ゲームである。

廉は自分の部屋に来て欲しくないのだと、智里は疑心暗鬼にかられて勘繰った。

一つよくないことを考え出すと、思考は次々と連鎖反応を起こす。

今日の遅刻は、智里への関心が薄らいでどうでもよくなっているからかもしれない。急に服を買ってくれたのは、なにかやましいことがあるからかもしれない。

「どうした？　ボウリングは気が乗らないか」

廉が首を傾げて顔を覗き込んできた。

「あ…いえ、そんなことないです」

智里は慌ててかぶりを振った。

「この前、佐藤に大負けしちゃったから、ひそかに練習しておこうかな」

自分のマイナス思考にげんなりしながら、智里は笑顔を取りつくろった。

「じゃ、その前にちょっと腹拵《はらごしら》えしよう」

廉に促され、そこからほど近いドーナツショップに向かった。

オープンテラスのテーブルには、春の夕方の明るい光が、気持ちよくあふれていた。

「子供みたい」

横並びの隣の席で、点数を集めると景品がもらえるスクラッチカードをスプーンの柄で真剣にこする廉に、智里は笑ってしまった。

「男は永遠に少年の心を忘れちゃいかんのさ。かー、四点か。中途半端だな」

廉はスプーンを置くと、隣のテーブルの小さな男の子の肩を叩いた。

「ちびっ子くん、カード集めてるか?」

男の子ははにかんだように廉とカードを見比べて、そっと手をのばしてきた。

「まあ、すみません、ありがとうございます」

一緒にいた母親のほうが、少女のように嬉しげな声をあげた。

「ほら、ケンちゃん、お礼言って」

「ありがとう」

「いえいえ。美人なママでいいね、ぼうや」

見知らぬ親子とあっという間に打ち解けている廉を、智里は羨《うらや》ましいようなとり残されたような気分で眺めた。こういう気さくさは、智里の中にはないものだ。

「お、こっちの大きいぼうやはブルーな顔してどうした? もしかしてカード集めてた?」

「集めてませんよ、そんなの」

「そうか? ひがまれると悪いから、きみにはこれをあげよう」

一口大のドーナツが六個入ったケースから、チョコやクランチで化粧した子供好きしそうなものを選んで、廉は智里の皿に転がした。

「ご機嫌は直ったかな」

「だから、別にひがんでなんかいないって言ってるでしょう」

「いや、別に点数カードのことじゃなくて。さっきから顔色が冴《さ》えないみたいだから」

気付いていないようで気付いている廉の相変わらずの観察眼にどきりとして、智里は視線を伏せた。

「なにか問題があるなら、鬱積《うっせき》する前に言えよ」

言えと言われても、当の廉のことであり、しかも一つ一つはあまりに小さなことで、口に出すのもはばかられる。

「もしかして、またストーカーが現われたか？」

「それはないです」

「本当に？　なにかあったらちゃんと言えよ」

智里は小さくうなずいた。

ふいとテーブルの上の廉の携帯が鳴りだした。

ドーナツのアイシングがついた手を廉がペーパーで拭《ふ》いている隙《すき》に、見るともなしに着信の名前が見えてしまった。女性名だった。

不安が兆《きざ》して顔をあげると、廉と目が合った。智里は慌てて目をそらし、トレーに敷かれたカラフルな広告を読むふりをした。

無関心を装いながら、廉が携帯の向こうの誰かと屈託なく話す様子が気になって仕方なかった。

廉は自分の目の前にいるのに、今つながっているのは自分ではなく電話の向こうの世界なのだ。自分が廉の生活の一部でしかないことを否応《いやおう》無しに思い知らされるようで、なんだか淋しくなってくる。

身体も、気持ちも、そばにいて欲しい。口に出せない独占欲で、頭の中がぎっしりといっぱいになっていく。

「じゃ、またあとでな」

智里の切実な想いを感じ取ったようなタイミングで、廉が電話を切った。

智里を振り向いた廉の目には、さぐるような癒やすような謎《なぞ》めいた表情が浮かんでいた。

「大学の同級生だよ」

穏やかな声で説明されて、智里は眉根を寄せた。

「俺、別に何も訊いてませんけど」

廉はちょっと笑って、目顔《めがお》でテーブルの下を示した。

智里の目に飛び込んできたのは、はぐれまいと親にすがる小さな子供のように、廉のシャツの裾をくしゃくしゃになるほど握り締めた自分の手だった。

無意識の行動に自分でびっくりして、智里は慌てて手を離した。

「ドーナツの手を人のシャツで拭《ぬぐ》ってんじゃねーよ」

間の悪さを廉はさらりと冗談に変え、智里の頭を軽く叩いた。

「今日、学科のコンパがあるんだよ。今のはその連絡」

「…こんなところでだらだらしてて、時間、大丈夫なんですか?」

「夜だよ、夜。由井を寮に送り届けてから行けば、全然余裕」

「ならいいけど。俺のせいで遅刻したとか言われたらいい迷惑だし」

智里は強がりを言って、決まり悪さをはぐらかした。

何事もなかったような空気の中で、智里は不安を拭えないまま、先走った自分の右手に視線を落とした。

午前中の用事と、夜の約束。自分との時間はその二つの予定を埋めるかりそめの時間つぶしなのではないだろうか。

本当は、廉にとっては新しい生活のほうがずっと楽しくて、だから智里との約束に遅れたり、部屋に遊びに行くのを疎《うと》ましがったりするのではないか。

すぐにそんなふうに考える自分がものすごくいやな人間に思えて、智里はひっそりため息をついた。

そんなことをうだうだと考え続けるくらいなら、ストレートに廉にすべてを訊ねればいいのだ。

けれど、智里にはそれが怖くてできない。もともとの性格のせいもあるが、なによりの原因はいまだ尾をひく吉井との一件だった。

廉のおかげで吉井のストーカー行為はぴたりとおさまり、廉との恋もうまくいって、一見すべてが順調に見える智里だが、心についた傷はそう簡単に癒えるものではなかった。

吉井の言動やその陰湿なつきまといや脅迫が智里に与えた恐怖は、並大抵のものではなかった。今でもときどき夢でうなされることがある。

廉への想いを自覚し始めた頃から感じていたことではあるが、生々しく記憶に残る嫌悪感と恐怖は、廉にストレートな想いを伝えることをためらわせた。

自分のほうから好きになった相手との恋愛の、特に始まりの頃には誰でも、あまり相手に気持ちを押しつけると嫌われるのではないかという恐れを抱いてしまうものである。智里の場合、吉井の一件の後遺症でその感情が特に強い。

廉のことが好きで好きで、一日に何度も廉のことを考えてしまう。

自分と会うのに遅刻されれば傷つく。

寮の門限を破ってでも一緒にいたい。コンパになんか行かせたくない。

来週会えないなんて淋しくて我慢できない。

どうして部屋に遊びに行かせてくれないのだろう。

たくさんの不安や疑問が頭の中を渦巻き、智里の不安を煽《あお》る。

けれど、詮索《せんさく》したり独占欲を発揮したりすると、智里が吉井を嫌悪したように、廉も智里のことを疎ましく思うようになるのではないかと、そのことが怖くて口に出せないのだった。

どこまでが許容範囲で、どこからが余計な詮索になるのかも、物慣れない智里には見当がつかず、廉に嫌われないためには感情をセーブしてただじっと冷静を装い続けるほかなかった。

考えてみれば、廉が卒業してから一ヵ月半の間に、智里のほうから「会いたい」と口にしたことは一度もなかった。

自分の感情を表に出さないことが、この恋愛を少しでも長続きさせる最大のコツだと、傷の癒えない智里の心は本気で信じているのだった。

重いボールの転がる音と、ピンの倒れる威勢のいい音が、窓のない空間にこもるように反響した。

「ナイス、ストライク！」

レーンの前から戻った智里を、健吾が両手を広げて迎えた。

「今日は絶好調だね、由井」

「たまたまだよ」

「しかし、いいんですかね。受験生が二週連続でボウリングなんかやって遊んでて」

コーラの缶を手に、山崎が皮肉っぽく口を挟んできた。

「勝手についてきて、偉そうに嫌味言ってんじゃねえよ」

健吾が切り返した。

「明日は二人で図書館に勉強に行く予定なんだよ。山崎もくる？」

とりなすように智里が言うと、山崎は眉をひそめた。

「由井先輩、もしかして彼女にでもふられたんですか」

「え？」

「だってこの前、週末はずっと忙しいみたいなことを言ってたじゃないですか。それなのに二週も続けてこんなところで暇つぶししてるなんて、なんかヘンなの」

「この前はたまたま気が乗らなかったからそう答えただけで、別に予定があったわけじゃないよ」

智里は平静を装って答えた。

事実、週末に具体的な予定が入っていたわけではなく、ただあたりまえのように廉と過ごすことを想定してあけておいたのだ。

それが先週は、廉の墓参やバイトでふいになってしまい、ぽっかりとあいた時間を、智里は寮の友人たちと過ごした。

そしてこの週末は、智里のほうから廉の誘いを断った。

こんなに会いたい気持ちでいっぱいなのに、その誘いを断る自分のあまのじゃくには、自分ながら呆れるほかなかった。

「今度の週末は、佐藤たちとの約束が入ってるんです。それにちょっと受験勉強もしなくちゃならないから」

おとといの晩、電話でそう言った智里に、廉はストレートに残念そうな声を出した。

『二週間ぶりなのに、つれない態度だな。コイビトに会えなくて淋しくないのかよ』

「そっちこそ、別に淋しくなんかないくせに」

『なに言ってんだよ、アホ。淋しいにきまってるだろう。ったく飄々《ひょうひょう》としやがって』

廉がそう言ってくれることにほっとしながら、けれど誰に対しても愛想のいい廉の言うことには大した重さはないのだと、智里は自分に言い聞かせた。

自分は別に、この恋愛にのめり込んでいるわけではない。自分に対しても廉に対してもそういうポーズで強がることで、廉との関係を対等で安定したものに保てると智里は思い込んでいた。

廉に自分の世界があるように、智里には智里の世界がある。誘われればいつでも出掛けて行くほど、暇でもないし浮かれてもいないと、つっぱりたい自尊心もある。

それになにより、本当は毎日二十四時間一緒にいたいと思っている自分の本心を知られたら、きっと疎まれるという恐怖心が強かった。

「イテッ」

ボールを放った健吾が、右手の親指を左手で押さえながらシートに戻ってきた。

「どうしたの」

「親指の爪がバリっていった〜」

「マジ？　剝がれたのか」

「わかんない。見るのが怖い」

意外に小心なことを言う健吾の前に、山崎が身軽く片膝《ひざ》をついて、左手を強引に外した。

「あーあ。爪が裂けてますね。結構深いな」

「ぎゃーっ、血がっ、血がっ」

「大げさな。すぐ止まりますよ」

　ぽいと健吾の手を放すと、山崎は受付のカウンターに走って行き、すぐに消毒液と絆創膏《ばんそうこう》を持って戻ってきた。

「佐藤先輩、ボールを放るときに親指でひねるみたいなヘンなクセがあるから、いつかやるんじゃないかと思ってたんですよ」

「うわっ、やな言い方。思ってたなら早く言えばいいだろう」

「俺の忠告なんて聞き入れる人じゃないでしょう」

「おまえが聞き入れたくなくなるような性格してるからだろう」

　ぽんぽんと言い合いながらも、山崎は健吾の指先に二枚の絆創膏で入念なテーピングを施した。

「こうして見ると、二人って結構いいコンビだな」

　智里が見たままの感想を素直に口にすると、二人は弾かれたように振り返った。

「なに言ってんだよ。冗談じゃない、こんな生意気なガキと」

「こっちこそ、いい迷惑ですよ」

　必要以上にムキになって言い返してくる。智里はちょっと面食らった。

「寮長と副寮長のコンビネーションがうまくいってるっていうのはいいことだと思うけど」

「いや、まあ、そうだけど。そんなことより、ゲーム再開しようぜ」

健吾は何かを取りつくろうように立ち上がり、二投目のボールを左手でつかんだ。


結局、左手の爪まで剝がして意気消沈した健吾を、山崎と二人でからかったり慰めたりしながら、まだ明るい夕方の道を寮まで戻った。

門の脇《わき》に、黒いインテグラが停まっていた。運転席には人影があった。

「こんなとこに駐車するやつって珍しいな」

「なんか怪しげですね。寮生のストーカーとかじゃないですか?」

山崎の冗談に智里は思わず竦み上がった。まさかと思いながら、運転席を凝視してしまう。

智里たちの視線に気付いたように、顔をあげて微笑んだのは、恐れていた相手ではなく、若い女の人だった。

いまだにあの恐怖をリアルに思い出してしまう自分に、苦笑いがこみあげてくる。この恐怖感を忘れられないうちは、積極的な恋愛ができないような気がした。

玄関を入ると、いつにない騒々しさと、楽しげな笑い声が響きわたってきた。

最初にその原因を発見したのは、山崎だった。

「廉先輩！」

靴を脱ぐのももどかしげに、ホールに飛び込んで行く。

寮生たちに囲まれていた廉が、笑顔で振り返った。

「お、山崎。おまえまたデカくなったな」

「成長期ですから」

「元気でやってる？」

「はい」

嬉しげに話すうしろ姿に、

「ったく。相変わらず廉先輩にべったりなんだから」

健吾がちょっと不興げな表情を浮かべた。それも一瞬のことで、すぐに健吾も嬉々《きき》として廉の傍らに寄って行った。

「どうしたんですか、先輩。里帰り？」

「いや、実家から大量に夏みかんが届いて、処分に困って持ってきた」

「あ、廉先輩のとこの甘夏、おいしいんですよね～」

健吾は嬉しそうに段ボール箱を覗き込んだ。

「寮にいたときならともかく、一人暮らしの孫に甘夏二箱も送ってくるなんて、うちのじいさんもボケてきたのかな」

廉は苦笑いを浮かべ、その笑顔のまま智里のほうを振り向いた。片目が一瞬のウインクをよこす。

廉と智里の間に個人的なつながりがあることは、もちろん寮生の誰も知らない。

「元気？」

「はい」

いたずらっぽい廉の問いに、智里はなに食わぬ顔で答えてみせた。

会えないはずだった今日、思いがけない形で廉の顔を見られたことで、智里はひそかに胸をときめかせていた。もしかしたら、自分に会いに来てくれたのではないか、などとあらぬ期待まで抱きそうになってしまう。

「廉先輩、せっかくだから夕飯食べていきません？　今晩は竜田揚げなんですよー。懐かしいでしょう、寮の竜田揚げ。オレの分も進呈しますよ」

廉は笑って健吾の頭をこつんと弾いた。

「残念だけど、今日は帰るよ」

「ちぇっ。ホントに竜田揚げは人気がないな」

「そうじゃなくて、外で友達が待ってるんだ」

「あ、もしかしてあのインテグラ？」

「ああ」

「じゃ、運転席の人って先輩の彼女？」

健吾の無邪気な問いかけに、智里の胸はずきんと痛んだ。

「違うよ。ただの友達」

「ごまかし方がまた月並みですね。ほら、山崎。先輩はもう人のものだぜ？」

嬉しそうにからかう健吾に、

「なんで俺に振るんですか」

山崎が頬を膨らませた。

智里の頭には、この間の携帯の着信名が浮かんでいた。

廉には、本当に彼女がいるのかもしれない。自分と過ごす時間よりも、大学の友達と過ごす時間のほうが何倍も長いのだから、そういう流れになっていっても不思議なことではない。

頭の中は不安でいっぱいになり、しかし不安がつのればつのるほど、智里はなに食わぬ顔を装ってしまう。

「また近いうちにゆっくり遊びにくるよ」

廉は寮生たちに言い、智里の傍らを通り過ぎざまに、軽くぽんと尻《しり》を叩き、

「今夜、また電話するよ」

小声で言った。


廉からの電話は、いつものように消灯の三十分ほど前にかかってきた。

廉の第一声は、いつもそれだ。

『勉強中？』

「まあ、そんなところです」

本当はぼんやりと廉のことを考えていたところだったが、智里は見栄を張って肯定してみせた。

『じゃ、邪魔しちゃ悪いから切ろうかな』

からかわれているとわかっていながら、思わず切らないで、と叫びそうになる。そんな衝動を飲み下して、淡々とした口調で返す。

「ちょっと息抜きしようと思ってたところですから」

『俺は息抜きの道具か？　何様だね、由井くん』

憤慨する冗談口調にちょっと笑って、智里は机の上で清々《すがすが》しい芳香をたてている夏みかんを手に取った。

「先輩にもらった甘夏でも食べようかと思ってたところ」

『心して食したまえよ。わざわざ届けてやったんだから』

「はいはい」

『しかし、今日はホントに佐藤たちと出掛けてたんだな』

「え?」

『いや、由井が寮での生活に馴染んでいるのを見ると、ほっとするよ』

何気ない思いやりにあふれた廉の言葉が、不安に揺れる智里の耳には違うニュアンスで聞こえる。

廉がいなくても智里がやっていけることに対してほっとしているのだとしたら?

車にいた女の人は、本当に彼女ではなかったのだろうか。訊ねたい衝動に駆られながら、けれど口に出せずに智里は言葉を飲み込んだ。

そう訊ねたら、きっと廉は否定するに決まっている。けれど、否定してもらっても智里にはきっと信じることができない。だとしたら質問すること自体が無意味だ。

あたり障りのない会話を交わしながら、頭の中はつかみどころのない不安でいっぱいだった。

自分のことを好きだと言って欲しい。自分だけを好きでいて欲しい。

けれどそんなふうに詰め寄ったらきっと嫌われると思うと、足が竦んで身動きがとれない。

まるで夢の中であがいているような気分だった。

『そろそろ勉強に戻るか？』

廉の一言に、智里ははっと我に返った。

会話に集中できていないことを気付かれていたようだった。

「あ…いえ」

『明日は佐藤と図書館だっけ？　しっかり励んでこいよ』

「……はい」

『じゃあな』

「あの」

智里は慌てて廉を呼び止めた。

このまま会話を終わらせるのは名残惜《なごり》しすぎる。せめて来週の約束を取りつけたい。

けれど、そんな簡単な願いさえも、今の智里は素直に口にできないのだった。

『なに？』

「あの、甘夏って砂糖をかけて食べるんでしたっけ？」

思いつきでそんなことを口走ってしまう。

『まあ好きずきだけど。そのままでも結構甘いと思うよ』

「……食べてみます」

『どうぞ。じゃ、またヒマができたら会おう』

からりと言って、電話は切れた。

一人きりの部屋で携帯を握り締め、智里はそわそわするような切なさにかられた。

ヒマができたらというのはどういう意味だろう。廉自身が当分忙しいという意味なのか、それとも自分の態度がなにか誤解を招いたのだろうか。

廉に疎まれたくない一心で、押しつけがましい好意を表に出さないように我慢している智里だが、ひねくれた感情は事態をもひねくれた方向に運んでいくようだった。

廉のことが好きだと意識すればするほど、うまくしゃべれなくなるし、どういう態度を取ればいいのかわからなくなって、なにもかもが裏目に出てしまう。

智里はたまらなく廉に会いたくなった。

会えばまた、自分の不器用さに腹が立つだけなのはわかっているが、廉の顔が見たかった。

今日は二週間ぶりに会えたというのに、ほんの数分で帰ってしまって、逆に欲求不満がつのる結果となった。

せっかくの日曜日を、つまらない怯えや見栄でふいにしてしまうなんて、ばかげたことだ。

明日は廉に会いに行こう。

智里は一人決意を固めて、椅子から立ち上がり、明日の図書館行きを断るために、健吾の部屋に向かった。

廊下を歩きながら、廉を訪ねる口実を思いめぐらせた。

寮の代表として夏みかんのお礼を届けにきたというのはどうだろう。あまりにもとってつけたようだろうか。あるいは、思い切って素直に会いたかったからと告げてみようか。廉はどんな反応を示すだろう。

考えごとをしていたせいで、智里はうっかりノックを忘れ、ぼうっとしたまま健吾の部屋のドアをひき開けた。

室内の光景に、一瞬思考が停止した。

二段ベッドの梯子《はしご》に背をもたせかけた健吾に、山崎がキスしていた。同意のうえであることは、山崎の背にまわされた健吾の手が証明していた。

「あ……お邪魔しました」

間の抜けた台詞《せりふ》とともにドアを閉め、智里はすっかり面食らって部屋に戻った。

「由井！」

ものの数秒で健吾が智里の部屋に飛び込んできた。見たことがないほど焦った顔をして、耳まで真っ赤に染まっている。

「あの、今のは、その……」

「ごめん、ちょっと考えごとしてて、ノックするの忘れた」

「こっちこそ、驚かせちゃって……」

お互い動転して気まずく視線をうろうろさせ、やがて健吾が、観念したように頭を抱えて智里のベッドに倒れ込んだ。

「呆れただろ。オレも自分で驚いてるんだ。人生最大の不覚だよ、まったく」

「……いつからそういうことになってるんだ？」

「冬休み頃から徐々にって感じで」

健吾はベッドに突っ伏したまま、くぐもった声で言った。

「佐藤と山崎って、犬猿の仲っぽいのかと思ってた」

「まさにそうだったんだよ。あいつのやることなすことムカつくって感じで鼻について。廉先輩にばっかベタベタするし、転校生の由井にああいうひどい態度とるし」

「でも、俺にはちゃんと謝ってくれたよ」

「うん、そうなんだよな。由井のこととかあって、あいつを叱ったり文句言ったりしてるうちに少しずつ話をするようになって、なんか思ってたほどサイテーなやつでもないなってわかってきて」

気まずさを払拭《ふっしょく》するように、健吾は早口でまくしたてた。

「わがままだし、生意気だし、今でも結構ムカつくことあるけど、あいつに好きになったたって言われたとき、いやじゃなかったんだよ、なぜか」

想像もしていなかった二人の恋愛関係に、智里はかなり驚かされた。

けれど今思い返してみれば、健吾はかなり以前から、山崎の廉への敬慕に対して過剰な反応を示していた。健吾自身も意識はしていなかったのだろうが、その頃から気になる存在ではあったのかもしれない。

前に健吾に言われた言葉を、智里はからかいを込めて本人に返した。

「そういえば佐藤、反感を抱くような相手に限って、気がつくと好きになってるものだって、俺に言ってたよね」

「……そうだっけ？」

「まさにそのとおりになったね」

「勘弁してよ。……あ、そういえばオレになにか用だったんじゃない？」

健吾は話の矛先をそらすように言った。

「いや、別に邪魔するほどの用じゃなかったんだけど」

「茶化すなって。で、なに?」

「明日のことなんだけど、ちょっと用事ができたから、図書館はパス」

健吾はベッドから身を起こし、訝しむように智里を見上げた。

「あのさ、まさかとは思うけど、それ、今考えた?」

「え?」

「オレと山崎のこと知って、ヘンな遠慮とかしてない?」

智里は笑ってかぶりを振った。

「違うよ。ホントに用事ができたんだ」

「オレと図書館に行くより大事な用事っていうと、デートかなんか?」

今度は健吾が逆襲に出た。

「まあ、そんなようなもの、ということにしておこうかな」

健吾の微笑《ほほえ》ましい話につられたわけでもないが、智里ははぐらかしに本心を織り交ぜた。

「あ、なんだよ。やっぱり彼女いるんじゃん。今度ちゃんと紹介しろよ?」

智里はあいまいな笑みで返事をごまかし、携帯に手をのばして時間を確かめた。

「そろそろ点呼の時間だよ」

「あ、やべ」

健吾はリスのような素早さで立ち上がり、部屋から飛び出して行った。

潑剌《はつらつ》としたうしろ姿を見送りながら、健吾の勘繰りもまんざら的外《まと》れではないと思った。

何があっても健吾は大切な友人だが、山崎との関係を知った以上は、もうこれまでのように二人の間に不粋に割り込むようなことはできない。

意外なカップルの誕生を微笑ましく思いながらも、一人きりの部屋の中で、智里はもの淋しさを覚えてもいた。

あんなに廉にべったりだった山崎が、今は健吾に恋をしている。つまりは去る者日々に疎しということだ。廉の気持ちだって、離れている間に徐々に自分から遠ざかってしまうかもしれない。そう思うと、焦る気持ちがさらに強くなる。


空は青々と晴れ上がり、卯木《うつぎ》の白い花が初夏らしいかおりをあたりにふりまいていた。

廉《れん》の部屋の前で、智里《ちさと》は大きく深呼吸した。真新しいグリーンのシャツの衿《えり》が首に触れる感触が、妙に意識される。

突然訪ねたりしたら、廉は驚くだろうか。もしかしたらもう出掛けてしまって留守かもしれない。

あれこれ考えつつ、頭の中では、廉の顔を見て最初に言う台詞《せりふ》を反復していた。

会いたかったから。ただその一言。

昨夜、健吾《けんご》と山崎《やまざき》の関係を知って刺激を受けたこともあり、智里は珍しく素直な気持ちでいた。

傷つくのが怖くて、自分の気持ちをセーブして廉と接してきた。けれど度を越した保身で廉を失ってしまったら、本末転倒だ。もっと勇気を持っていいはずだと、智里は自分を叱咤《しった》した。好きという気持ちは同じでも、自分はあのストーカー男とは違って、一方通行の押しつけをしているわけではない。廉だって自分のことをちゃんと好きだと言ってくれている。相思相愛の恋人同士なのだ。訪ねたら、きっと歓迎してくれる。

半ば無理遣り自分にそう言い聞かせて、痛いくらいどきどきする胸を右手で押さえた。

経験値の低い智里は、何をするのも不器用だった。傷つきたくないとなれば徹底的に自分の気持ちを圧《お》し殺し、逆に会いたい気持ちが抑えられなくなると、こうして猪突猛進となってしまう。電話でさり気なく相手の動向を窺ってから出掛けようなどとは思いもつかない。自分をコントロールするすべも、かけひきの仕方も、未熟で不慣れなのだった。

ドアベルに指をのせたときには、どきどきは最高潮に達していた。

廉に会える喜びと不安。突然訪ねてきた自分に、廉はびっくりするだろうか。

ドアは、なんのためらいもなく開かれた。

そこに立っていたのは、廉ではなくて女の人だった。

「あらやだ。ちょっと廉、お客さまよ」

思っていた相手とは違ったという顔で、彼女は奥に声をかけた。

ラフなジャージ姿の廉が顔を出し、智里を見て目を丸くした。

「どうしたんだよ、突然」

智里は無言できびすを返した。

頭の中が真空状態になり、あたりの音がまるで聞こえない。

あまりに陳腐な幕切れに、笑いが込みあげてくる。

智里の頭の中で、廉の携帯の着信名と、昨日のインテグラの人と、今会った女性とが一つにつながった。

ショックで目の前が真っ暗になった。

「由井《ゆい》！」

背後から廉の声が追ってきた。無視して歩き続けると、腕をつかまれた。

「待てよ、アホ。おまえなにか誤解してるだろう」

「……別に」

「してる。絶対してるぞ」

「してませんよ。見たままのことを、理解しただけです」

「なんだよ、見たままのことって」

智里は廉の顔を見られないまま、口を真一文字に結んでうつむいた。

「……そういうことなら、ちゃんと言ってくれればいいのに」

「そういうってどういうことだよ？」

この期《ご》に及んでとぼけるつもりかと、智里は悔しさで唇をかんだ。

「付き合ってる人がいるなら、そう言ってくれたらよかったんです。フェードアウトしようなんて、セコいこと考えないで」

「フェードアウト？　なんだよそれは」

待ち合わせに遅刻してきたこと。部屋に遊びに行くことを渋られたこと、先週会えなかったこと。今となってはすべてが自分を敬遠するための方策だったのだと確信できる。

「俺のことなんて、同情してただけなんでしょう。いろいろ気を遣っていただいて、ありがとうございました」

ショックと憤りに任せて口走ると、いきなり頬《ほお》を叩《たた》かれた。

「つまんない勘繰りも大概にしろよ！」

ジンと痺《しび》れるような痛みが胸の中まで響いた。

怒ってくれる廉の誠意を信じたいのに、今の智里にはその怒りもやましさをごまかす方便のように感じられてしまう。

この期に及んで、それでも智里は廉のことを好きだと思う。部屋から顔を出した女の人への激しい嫉妬《しっと》で心が焼ききれそうだった。たとえ嘘《うそ》でも、廉の言葉を信じ、すがりついていたい。けれど、智里はもう、自分さえも信じられなかった。うしろ向きな性格から脱却しようと、必死で自分を鼓舞してここにやってきたのに、その結果がこれだ。

この数ヵ月、一人で空回りを繰り返し、気がつけば気持ちは疲弊しきっていた。緊張の糸がぷつりと切れてしまった感じだった。

「……なんか、疲れた」

両手で顔を覆いながら言うと、廉が腹立たしげにため息をついた。

「こっちが疲れるよ」

その一言は、さらに智里の心をざっくりと傷つけた。

「ちょっとここで待ってて。靴を履きかえて、財布を取ってくる」

廉は苛立《いらだ》たしげな口調で言って、サンダルをひきずりながらひき返していった。

智里は廉を待たずに、駅に向かって駆け出した。

「あれ、由井?」

寮のホールの前を通りかかると、中から健吾が声をかけてきた。

顔を見られたくなくて、智里は聞こえないふりで通り過ぎた。

「待てよ由井ってば。やけに早いご帰還じゃん」

「……そっちこそ、図書館行かなかったのか」

「これから行こうと思ってたとこ。ねえ、そのシャツいいね。初めて見たけどすげー似合う」

「…………」

「あのさ、さっき廉先輩から電話があって、由井が戻ったら連絡よこせとか言うんだ。由井、もしかして廉先輩に会いに行ってたの?」

健吾は天真爛漫に背後から話しかけてくる。

「ねえ、ってことは、由井のデートの相手って先輩ってこと?」

訊ねる声が興奮に躍っている。

「だとしたらすっげー嬉《うれ》しいんだけど。なんかそうやって考えると、いろいろ思いあたる節があるよな。廉先輩って在学中も由井のことすごい気遣ってたし、最近もオレが相談とかで電話するのと必ず由井の様子を訊《き》いてくるし」

放心状態の智里の耳には、健吾の言葉はほとんど聞こえていなかった。無言で廊下をつき進むと、健吾は訝《いぶか》しげに背中から追ってくる。

「ちょっと由井、なんで無視するわけ？　由井ってば！」

その声につられたように健吾の部屋のドアが開き、山崎が顔を出した。

「なんの騒ぎですか。佐藤先輩、図書館行くんでしょう？」

「先に行ってて」

智里は自分の部屋のドアを開け、ベッドにうつぶせに身を投げた。

「由井？」

ようやく智里の異変に気付いたらしい健吾が、ベッドの傍らにかがみ込んで顔を覗《のぞ》き込んできた。

「どうしたの？　廉先輩とケンカでもした？」

「……しないよ、ケンカなんて」

「ならいいけど」

「嫌われた」

「え？」

「疲れるって言われた」

健吾に対してというより、自分に対して、廉の言葉を反復した。胸がひきつれるように痛んだ。

「ちょっと待てよ。なにそれ？」

もはや健吾や山崎に対して隠し立てする気力もなかった。

「廉先輩に会いに行ったんだ。最近、なんかぎくしゃくしてて、素直になれてなくて……。そしたら、部屋に女の人がいた」

「ありゃりゃ」

健吾はなごませるように剽軽《ひょうきん》な声をあげた。

「でも、先輩は由井と付き合ってるんでしょう？　だったらその女の人っていうのは、ただの友達じゃん？」

「彼女だよ、きっと。前に携帯に電話かかってきたこともあるし、昨日だって一緒だっただろ」

「え、どの人？」

「なに空とぼけてるんだよ。昨日、佐藤だって言ったじゃん。インテグラの人のこと、先輩の彼女だって」

「ただの冗談なんですけど。それで、部屋にいたのってどの人だよ」

「どのって……」

「昨日の車には、四人乗ってたじゃん」

「え……」

「うしろ、スモークガラスになってて見えにくかったけど、全部で四人いたよ。友達みんなで遊んでるとこだったんじゃない？」

　智里は混乱して顔を起こした。助手席にいた女の人のこと以外、まったく目に入っていなかった。そもそも、この間の電話の相手とさっきの人が同一人物だという勘繰りにも、何の根拠もありはしない。

　健吾は苦笑を浮かべて、智里を眺めおろした。

「物事をなんでも自分に都合のいいように解釈するやつってよくいるけど、由井はその反対だね。なんでも悪いほうに思い込む」

「っていうか、あの廉先輩が信じられないっていうなら、さっさと別れたほうがいいですよ。廉先輩がもったいないです」

　山崎が冷ややかな口調で言った。

「コラ、おまえは関係ないのに口を挟むなよ」

「自分だって関係ないじゃないですか」

「オレは友達として由井の相談にのってるんだよ。だいたい、なんだよ、その廉先輩がもったいないっていうのは。おまえ、ホントはやっぱり廉先輩のことが好きなんだろう」

「恋愛の好きと尊敬の好きは別物でしょう」

「どうだかね」

痴話喧嘩《ちわげんか》に飛び火しかけたところに、玄関のほうからざわめきが聞こえた。

「あれ、廉先輩、今日も食い物差し入れにきてくれたんですか?」

誰かが陽気な声で言う。

「素早いなぁ。もう押しかけてきたよ。ほら、由井、行くよ」

健吾が智里の腕をひいて立たせようとする。

「会いたくない」

その手を振りほどき、智里は枕《まくら》に顔を埋めた。

今、廉の前でどんな態度をとればいいのかわからない。健吾が言うように、たとえさっきの女の人の件が何かの勘違いだとしても、そういうことと関わりなく、きっと自分はもう廉に嫌われている。約束もなく朝から訪ねて、勝手にいじけて因縁をつけて。

廉のことがからむと、マイナス思考に拍車がかかる。そんな自分が智里は大嫌いだった。自分でも自分のことが好きになれないのだから、ましてや他人が好きになってくれるはずがない。

廉と会って白黒はっきりつけるより、このままうやむやになってしまったほうが、まだ楽な気がした。

「由井ってば」

健吾が困ったように智里を揺すった。

「会いたくない」

「わかったよ。とりあえず落ち着いたらちゃんと話し合えよ？」

智里はその場しのぎにうなずいてみせた。

「山崎、先輩にまだ由井は帰ってきてないって言ってきて。あとでオレから連絡入れるからって」

山崎は無言で部屋から出て行った。

足音は間もなくひき返してきた。ドアの開く音がして、健吾が「あ」と小さく声をあげた。

つられて顔を起こすと、不機嫌そうな廉が立っていた。

「裏切り者」

健吾が小さく言って、廉のうしろですまし返っている山崎に中指を立てるジェスチャーをした。

「おまえな、待ってろって言っただろうが」

廉は怖い声で言って、ずかずかと部屋の中に入ってきた。

「ちょっと来い」

健吾とは比べものにならない強さで腕をひかれて、智里はずるずるとベッドからひきずり出された。

「離せよ、バカッ！」

智里はいたたまれなさのあまり癇癪《かんしゃく》を起こして、暴れまわった。

痛い真実も、調子のいいごまかしの言葉も、何も聞きたくなかった。好きな相手の前で、間の悪い、裏目に出るようなことばかりしてしまう情けない自分を、もうこれ以上さらしたくない。

「仮にも年上をつかまえてバカはないだろう」

廉は呆《あき》れ顔で智里をひき寄せた。

「うるさい！　あんたなんか大嫌いだ」

智里はいつにない駄々っ子のようなそぶりで暴れまわった。息をつめて、相手の気持ちばかり窺《うかが》っていた息苦しさから逃げたくて、心にもない言葉が口をついて出てくる。

それはある意味、願望でもあった。いっそ嫌いになれたら、どんなに楽になれることか。

「どうでもいいけど、あんまり騒ぐと野次馬の恰好《かっこう》の餌食《えじき》ですよ」

山崎が横から冷静にコメントした。

「それはそうだ」

廉の言葉とともに、智里の身体は空に浮き、くるりと景色が反転した。

まるで誘拐されるみたいに、廉の肩の上に担ぎ上げられていた。

「な…っ、おろせよ、バカバカバカッ！」

頭が下がった体勢と、子供のようにあしらわれる屈辱に、顔に血の気が集まってくる。

「暴れるなよ。俺もそこまで怪力じゃないから、取り落として頭を割っても責任持てないぞ」

物騒なことを言いながら、廉はドアに向かって歩き出した。

「ちょっと先輩、手荒なことはダメですよ。由井の性格は先輩がいちばんよくわかってるでしょう？　穏便に穏便に、ね？」

「余計な口出しはやめましょう」

仲裁に入る健吾を、山崎が羽交い締めにした。

「うるさいな。心配だからオレもついてく」

「佐藤先輩は俺と図書館に行くんでしょう。他人《ひと》のことは放っておけばいいんです」

「なんだよ、おまえの大事な廉先輩のことだぞ」

「廉先輩のすることに間違いはないから、俺は全然心配してないですよ」

二人のやりとりが背後に遠ざかっていく。

表に出ると、路上駐車のヴィッツの助手席に押し込まれた。

廉が運転席にまわる間に逃げ出す隙《すき》はいくらでもあったが、寮の玄関から面白そうにこっちを窺っている野次馬の目がそれを思い止まらせた。この状態で寮に戻ったら、追及の餌食だ。

「……どこに行くんですか」

「俺の部屋。何か誤解があるようだから、ちょっと話をしよう」

「話なら、寮でだってできます」

「アホ。おまえはあと一年あの寮で暮らすんだぞ。騒ぎを起こしたら、居にくくなるだろうが」

それはそれで廉の気遣いだったらしい。

ミラーにぬいぐるみのぶらさがったメタリックピンクの車は、どう見ても女性のものだ。さっきの彼女の車だろうか。そもそも、廉がすでに教習を終えて免許を取っていたことさえ、智里は知らなかった。

廉がそれきりむっつりと黙り込んでしまったため、智里はそんなささやかな疑問を口にすることもできず、居心地悪くナビシートに身を埋めていた。

電車と徒歩とで四十分ほどかかる廉のアパートは、車だと十五分ほどで着いてしまった。

外階段を二階に上がり、廉は自分の部屋のドアベルを押した。

中から可愛い返事がして、智里の胸はまたぎゅっとねじれた。

ドアが開き、笑顔のかわいい女性が顔を出した。さっきとは別人だった。

「サンキュー、助かった」

廉は金のフェラガモのキーホルダーのついた鍵《かぎ》を彼女に差し出した。

「捕まらなかった?」

「おかげさまで」

「こすったりしてないでしょうね」

「うん、多分」

「多分じゃないわよ。新車なんだからー」

頬をかわいく膨らませながら、彼女の目はふと混乱している智里の上にとまった。

丁寧にマスカラをほどこされた目元が、何かを発見したように瞬いた。

「もしかして、由井くん?」

「え……」

いきなり名前を言いあてられ、智里は驚いて目を見開いた。

「やっぱり。いつも惚気《のろけ》を聞かされてるのよ。噂《うわさ》どおりのかわいい子ね」

「こらこら、余計なこと言うなよ」

「なに照れてるの。らしくないわね」

彼女は廉の肩を叩き、智里のほうに向き直った。

「彼って大学でも結構モテるんだけど、好きな子がいるからって、なびきもしないのよ。仲間の私たちには、その幸せ者の恋人が同性だってことまで包み隠さず堂々と惚気てくれるし。羨ましい子ねって、いつも話してたの」

思いがけない話に、智里は茫然《ぼうぜん》としてしまった。

「ホンモノに会っちゃったって、与田《よだ》くんと由美《ゆみ》にも自慢しちゃおうっと」

「由美にはさっき見られてる」

「あ、そうか」

女の人は笑いながら、サンダルのストラップをとめた。

「続きは与田くんのところでやってるから、時間があったらきてね」

「ああ」

「と言っても、今日のところはあてにしてないけど」

いたずらっぽく智里と廉を見比べて、階段を降りて行く。

「勝手に説明されちまった」

廉は決まり悪そうに髪をかきあげた。

「誤解は解けたか？」

やれやれという目で智里を見下ろしてくる。

「四人一組で演習の論文をまとめて発表することになってて、今日は俺の部屋でその仕上げをすることになってたんだ。正真正銘、あいつらはただの仲間だよ」

宣誓するように右手を顔の横にあげてみせる。

「なにかご質問は？」

「……すみません」

「それは何に対して？」

「……勉強の邪魔しちゃって」

「アホ。びっくりしたけど、嬉しかったよ。由井のほうから会いにきてくれるなんて思わなかったから。電話も自分からはかけてこないようなやつだし」

「………」

「しかし、あの状況だけで、説明もきかずに人を浮気者扱いするところが許しがたいな。いったい俺をなんだと思ってるんだ、まったく」

廉は智里の頭を小突くようにして、部屋の中に入れた。

廉の言葉を証明するように、テーブルの上には四人分のグラスが置かれたままになっていた。

廉の友人たちが自分の存在を知っていたということは、智里にはあまりにも思いがけないことだった。普通だったら隠しておきたいことだと思うのに、廉は自分とのことを誰にでも話せると思ってくれていたのだ。

このところ萎《しお》れ続けていた心に、やさしい雨が降り注いでいくような感じだった。

それでもまだ、信じることが怖くて、智里はうつむいてぼそぼそ言った。

「あの状況だけじゃないです」

「え？」

グラスを片付けようとしていた廉が、怪訝《けげん》そうに振り向いた。

「なに？」

「……ホントに俺のこと疎ましく思ってない？」

「何を根拠にそういうことを思うんだ」

智里は少しためらってから、このところの鬱屈《うっくつ》を口にした。

「俺との約束に遅れてきたり、部屋に行きたいって言ったらはぐらかされたり……。それに門限だなんだって、いつもすぐ帰れって言うし」

廉はグラスを置いて、脱力したように眉間を押さえた。

「最近様子がおかしいと思ったら、そんなことを気にしてたのか」

「だって……」

気になるものは気になる。積み重なれば、いろいろなことを勘繰りたくなってしまう。

「この前遅刻したのは、教習所のせいだって言ったろう」

廉は智里の前にきて、苦笑しながら言った。

「早く免許を取りたかったんだよ。車なら、ナーバスな由井にも人目を気にしないで遠出を楽しませてやれると思ったから」

殺し文句に流されそうになりながら、智里は唇をかんだ。

「嘘つき」

「はぁ？　なんだよ、それは」

「だって、それが本当なら、免許が取れたらいちばんに教えてくれるはずでしょう」

「うん、そのつもりだけど」

「……言ってくれてないじゃん」

「だってまだ取れてないし」

「……え？」

智里は思わず凍りついた。

「だって……さっき、車……」

「電車より早いと思ったから、緊急処置だよ。しかしさすがに緊張して、口もきけなかった」

思わぬことに呆気《あっけ》にとられる智里に、廉は続けて言った。

「門限に送り届けるのは、年長者の義務だろうが。由井には由井の生活があって、そういうのを全部含めて大事にするのが、俺のつとめだと思ってるから。今日だって、受験勉強って言われたら、こっちは駄々こねるわけにはいかないだろう。いくら会いたいと思ったってさ」

戸惑う智里の手を廉の手がつかんだ。

「部屋で会うのを避けてたのも気付かれてたみたいだけど、それはつまりね」

廉は困ったような笑みを浮かべて、智里の手をひいた。

ぽかんと半分開いた口に、廉の唇が重なってきた。油断していた歯列を割って、きつく舌をからめとられる。

久しぶりの口づけに、智里の身体は痺れたように震え、熱をおびた。

息もできないくらい荒々しく智里の魂を吸い尽くして、唇は名残惜しげに離れた。

濃厚なキスは、お伽話《とぎばなし》の王子のキスさながら、智里の頭の中のわだかまりをぽろりと吸い出してしまった。

廉の濡《ぬ》れた唇が、少しかすれた言葉をつむぐ。

「一応、俺もオトシゴロの男ですから。由井と密室で二人きりになると、こういうことがしたくなる」

「…………」

「しかも、だんだんブレーキがきかなくなりそうでやばいと思ったから、せめて由井の受験が終わるまでそういうのは気をつけようって思ったんだ」

「……邪魔になったんじゃないの？」

「どこをどうやればそういう結論が導き出されるんだ」

「だって、大学生活楽しそうだし、新しい友達とか、女の人だってたくさんいるし、もう俺のことなんてどうでもよくなったかと思った」

「アホ。恋愛ってのはそういう相対的なものじゃなくて、もっと絶対的なものだろう。大事にしてるつもりだったのに、ちっとも伝わってなかったんだな」

廉はやれやれといった顔で笑って、照れ隠しのように智里のシャツの衿をひっぱった。

「すげー似合うよ、これ。さっき由井がこれ着て部屋の前に立ってるの見て、どきどきした」

茶化すような言葉に笑おうとしたのに、出てきたのは涙だった。

「待て待て、なんでそこでおまえが泣くんだよ。なにか傷つけるようなことでも言ったか？」

焦った様子で廉が言う。智里は決まり悪くて廉に背を向けた。

悲しみの涙ではなく、安堵《あんど》で気が弛《ゆる》んだための涙だった。

思えば悪い想像に気をとられるあまり、あたりまえのことをあたりまえに受け止めて感じることを忘れていた。

会うたびにストーカーのことを気にしてくれていたこと、頻繁に電話をくれたこと、さり気なくシャツをプレゼントしてくれたときのこと。

もっと素直にすべてに心を開いていれば、あらぬ疑いに心を奪われることもなかったのに。

「由井、どうしたんだよ？　何か気に障ったなら謝るから、もうつまんない小競り合いはやめようぜ。な？」

子供でもあやすような廉の言葉に、智里はうつむいたままかぶりを振った。

「追いかけてきてくれてよかった。あんな態度とったのに……」

「当然でしょう。恋人としては」

智里は格好悪い涙を一生懸命抑え込んだ。

「きっと、呆れると思うけど、吉井先生につきまとわれた恐怖ってまだ尾をひいてて……」

「それで、気持ちを押しつけると、由井があいつに感じたような嫌悪感を俺が感じるとか、またろくでもないことを考えてたんだろう」

「…気付いてたんですか」

智里は腫《は》れぼったい目をしばたたいた。

「当然。だけど俺がそれに気付いてるってわかったら、由井の自尊心が傷つくと思ったから、見て見ぬふりをしてたんだよ。そのうち治ると思ったし」

智里はふと、この前のドーナツショップでの出来事を思い出した。思わず廉のシャツにすがりついてしまい、慌てて平静を取りつくろった智里の挙動不審に、廉はなにも言及しなかった。今思えば、あれは智里の気持ちをすべてわかったうえでの態度だったのだ。

「ったく。好きな相手から寄せられる好意なら、喜びこそすれ嫌悪感なんか持ちっこないって、何度言ったらわかるんだよ」

「……理性ではわかっても、感情の部分がついていかなくて。それに、プライドもあったし」

封印の解けた心を、そっと廉の前に開示してみせる。

「なんか、こんなにめちゃくちゃ誰かのこと好きになったことないから、そういうの知られるの怖いし、恥ずかしいし。自分が思ってるほど相手はこっちを好きじゃないかもって思うと、余計に自分の気持ちを悟られるのが怖くて」

「基本的に、ペシミストなんだよな、由井は」

智里はうつむいたまま鼻をすすってうなずいた。

「自分でも変だと思うけど、悪いほうに考えておくほうが傷が少なくてすむみたいに思ってるとこがあって、最悪のパターンを想定してるうちに、なんか自分で自分に暗示をかけてたみたい」

「よくわかってるんじゃないか」

廉は笑って智里の頭を撫でた。

「言うまでもないけど、俺に対してはそういう勘繰りは必要ないぞ。っていうより、勘繰るな。そういう疲れる腹の探り合いは、一切禁止」

「……はい」

「考えてみれば失礼な話だよな。おまえの目から見た俺は、卒業して離れ離れになったとたんに愛情が冷めて、デートには投げ遣りだわ、部屋に女を連れ込むわ、どんなろくでなしだよ？　仮にも自分が好きになった男が、そんなに信用ならないか？」

「俺、人を見る目ないから」

「失礼だっつーの」

返した言葉に拳骨《げんこつ》で報復されて、智里は腫れぼったい目で笑いながら頭を押さえた。

「まあ、どうせつまんないことをごたごた考えてるんだろうとは思ったけど、それにしても由井のそっけない態度には、俺のほうこそ内心ちょっと心配してたよ。電話をするのはいつも俺だし、週末に用事ができて会えないっていってもちっとも残念がらないし」

廉でも、そんなふうに感じることがあるなんて。

ずっと不安でいっぱいだった心が、やわらかく癒されていく。

智里は目を伏せて、廉の膝に向かって白状した。

「見栄はってただけです。ホントは先週会えなくてすごく残念だった」

切ない気持ちを思い出して、胸がひりひりした。

「いつも週末が待ち遠しくて、毎日先輩のことばっかり考えてて、ホントは勉強だって全然手につかないし……」

素直に気持ちを表現することに慣れていない智里は、手の内をさらけだすことに痛いような不安を覚えながら、言葉をしぼり出した。

「こんなに好きになっちゃって……どうしてくれるんですか」

震える両腕をのばして、廉にしがみついた。

廉から触れられることはあっても、自分のほうから廉に触れるのは初めてだった。

自分の鼓動が、空気を振動させるほど大きく聞こえる。息が苦しくて、気が遠くなりそうだった。

廉の手が、ゆっくり背中にまわり、それからぎゅっと抱き締められた。

「そっちこそ、どう責任とってくれるんだよ。おまえがあんまりカワイイこと言うから、理性の鎖が音を立てて引きちぎれたぞ」

体重をかけられて、智里はずるずると床に押し倒された。

「あの男のせいで怖い目に遇ってきた由井を、傷つけたり怯《おび》えさせたりしたくなかったから、我慢に我慢を重ねてきたってのに」

廉の真摯な瞳を、智里は痛いような胸のざわめきとともに見上げた。

「……嫌われる以外、廉先輩にならら何をされたって、怖いなんて思わない」

廉の目が、見開かれた。

「すごい殺し文句だな」

「……今、自分で言って後悔しました」

照れ隠しに自分を茶化すと、廉はいつもの不敵な笑みを浮かべた。

「後悔するのはまだ早い」

長い指が、智里の額の髪をかきあげる。そのうっとりするような感触に、背筋を電気が走った。

「というより、後悔なんかさせねーよ」

自信に満ちた廉の言葉に、智里は小さくうなずいて瞳を閉じた。

真新しいシャツが、背中の下で皺《しわ》くちゃになっていく。

それを気にする余裕もなく、智里は再三の口づけでとろけた唇から、悲鳴のような声をもらした。

「やっ……だめ……」

「大丈夫だよ。リラックスして」

ひとたび気持ちを決めたら、廉はためらいがなかった。

これまで抑え込んでいた想いがどれほどのものだったか誇示するかのように、智里の身体中に愛のしるしを刻み込んでいく。

一方の智里は口ほどにもなく、ベッドの上でシャツのボタンを解かれたところからずっと戸惑いに煩悶《はんもん》し続けている。

戸惑いと言っても、後悔や嫌悪ではもちろんない。吉井のことがトラウマになって、こういう行為には拒否感を抱くのではないかと以前から恐れていたが、それに関してはまったくの杞《き》憂《ゆう》にすぎなかった。一方的な暴力と、愛情の行為はまるで別のものであり、廉の指によってあの恐怖がよみがえることはなかった。

智里が戸惑っているのは、自分自身に対してだった。

廉に触れられると、身体も心も自分のものではないように制御不能の熱を帯びていく。そんな未知の自分が怖い。

きわどい場所はともかく、背中や手のひらといった何気ない場所でさえも、意志を持った廉の指や唇に触れられるとじれったいようなうずきがわきあがってくる。

自分がおかしくなってしまうようで、智里は廉の動きに小さな抵抗を示し続けた。

廉の手のひらが裸の胸から臍《へそ》へとおりていくと、智里の身体はぴんと仰《の》け反り、自分のそんな不随意な反応にびっくりして廉の身体を押し返した。

「どうした。いやなの？」

額に額をくっつけて、廉がかすれた声で訊ねてくる。

「……怖い」

「あいつのこと、思い出すから？」

「そうじゃなくて、なんか……触られると頭がおかしくなりそうで、自分が自分じゃなくなっちゃうみたいで」

「そんなの、怖がることないよ。由井が敏感だと俺は嬉しい」

「あ……」

言葉と一緒に耳の下に口づけられ、智里の腰が魚のように跳ね上がる。

そんな自分の反応に、全身を赤く染めて智里は廉をにらみ上げた。

「人をインランみたいに……」

「そんなこと言ってないし、全然思ってもないって」

廉は呆れたように言う。

「感じて欲しくて触ってるんだから、むしろもっと反応して欲しいくらいだよ」

「……バカ」

「だって愛し合うってそういうことだろう？　由井が感じると、俺はそれを見てさらに気持ちがよくなるんだよ」

廉があやすように髪を撫でてくる。その指にさえ身体中の血がざわざわと騒ぎ出す。

それを見抜いたように、廉が笑った。

「由井が感じやすいというより、俺が巧《うま》すぎるのかもしれないな。天性の男殺し？」

「バカ」

思わず脱力して、笑ってしまう。

「そうだよ、その調子でリラックスして」

智里の笑顔に気をよくしたように、廉は再び手のひらを智里の身体に滑らせた。

「や……」

「平気だから、思いっきり気持ちよくなれ」

「やだ、そんなとこ……」

「俺のこと、好き?」

注意をそらすように廉が訊ねてくる。

「……好き」

もはや憎まれ口を叩く余裕もなく、智里は素直に答えた。

「だったら、好きな相手に全部委《ゆだ》ねなさい」

「……っ」

触れられる前から感覚が研ぎ澄まされていた場所を、廉の指先がはさみ込む。

身体は、指紋のざらつきまで感じ取れるくらいに、敏感になっていた。

廉の肩にしがみついていた手を離し、智里は両手で顔を覆った。必死で声をかみ殺す理性の抵抗を嘲笑《あざわら》うように、我慢できないほどのうずきがわき起こってくる。

ひきとめる智里の手から解放された廉は、身体を滑らせて、愛《いと》しむ指先にさらに唇をそえた。

「や……やだ、だめっ!」

ぞっとするような快感に、思わず悲鳴がもれてしまう。智里はまるで痛みに耐えるように、何度も身を仰け反らせた。

未知の行為への羞恥《しゅうち》と、強すぎる快感への煩悶で、喘《あえ》ぐ悲鳴は泣き声に変わる。

「やめたい？」

廉が顔をあげて静かに訊ねた。

「由井が本当にいやだったら、我慢するよ」

廉の声は熱を帯びてかすれ、額に落ちた髪が息を呑《の》むほど色っぽかった。

やめたいのか続けたいのか、自分の気持ちをはかりあぐねて、智里はすすりあげながらかぶりを振った。

「だって、俺ばっかり格好悪くて、俺ばっかり気持ちよくて、こんなの、頭がおかしくなっちゃう」

「俺も気持ちいいよ」

「……そんなの、なにもしてないじゃないですか」

「由井が感じてるのを見てるだけで、イッちゃいそう」

からかうような台詞だったが、熱で潤んだ廉の目は、それが冗談ではないことを物語っていた。

その視線だけで智里はまた昂《たか》ぶり、身を捩《よじ》りながら両手を廉にのばした。

「それだけじゃやだ。ねえ、一緒に……」

それ以上言えずに額をすり寄せると、廉の腕がやさしく智里を抱きとめた。

「参った。男殺しは由井のほうだな」

「……バカ」

「一緒に気持ちよくなろう」

あやすように背中を撫でながら、廉が言う。

「でも、その前に由井の身体がスタンバイできるように、もう少し我慢してて」

廉は再び智里の身体に触れてきた。

慣れない昂ぶりに智里の身体が逃げをうつたび、廉はやさしく辛抱強くなだめ、智里の身体がとろけて弛みきるまで愛し続けた。

やがてクリームのように弛緩した身体は、廉を身のうちに受け入れてもほとんど痛みを感じることがなかった。

冷静な頭で考えれば、保守的な智里にはとても信じられないような行為だったが、廉に熱を吹き込まれた身体は、そんな行為さえも自然に受け入れてしまった。というよりむしろ、頭も身体ももどかしさで昂ぶりきって、そうしなければ納まりがつかないような切迫した欲望にとらわれていた。

「あ、あ……」

廉が身体を沈めるたびに、今までに感じたことのないざわつくような違和感が突き上げて、智里はあえかな声をこぼした。

「痛い？」

訊ねる廉のほうが、どこか痛いような表情になっている。

「……たくないけど、なんか、やだ」

「なにが？」

「こんなの、すごいみっともなくて……」

どこまで乱れても羞恥心が消え去ることはない。あられもない自分の姿を思うと、全身が熱くなる。

慣れたら、こんなことは何でもなくなるのだろうか。

大人にとっては、大したことではないのだろうか。

廉は、誰かと経験があるのだろうか。

この期に及んで、智里の頭の中にはそんな思いが行き交う。

少なくとも智里にとっては、初めての恋での、初めての経験で、戸惑いと狼狽《ろうばい》はとても大きかった。

この世でいちばん好きな人の前で、この世でいちばん無様《ぶざま》な姿をさらすという、恋愛の不条理に、神様を恨みたくなる。

「みっともなくなんかないよ。由井、めちゃくちゃ色っぽい」

廉の言葉に、智里はぎゅっと目をつぶってかぶりを振った。

「それなら、俺のほうが全然みっともないって」

なにかに耐えるように、廉は腰を押しつけ、智里の耳にささやいた。

「気持ちよすぎて、もちそうにない」

「あ……」

そのささやきに、智里はまた昂ぶってしまう。

「目、開けて」

廉が言う。智里はシーツに爪をくいこませながら、恐々まぶたを開いた。

日が暮れて、薄闇につつまれた部屋の中で、自分に覆いかぶさる廉の筋肉質なシルエットがほのかに浮かび上がっている。

うつむく毛先に汗が滴り、いつもよりも目の焦点が少し甘くなって色っぽい表情をしている。

「欲望に我を忘れるソーロー男。格好悪いだろ?」

不慣れな智里の緊張をゆるめるように、廉が自分を茶化してみせる。

智里は力の入らない両手を廉にのばしながら、首を横に振った。

「好き……」

廉は小さく笑った。

「俺も好きだよ。色っぽく乱れる由井も、澄まし返った由井も、見栄っぱりな由井も、みんな好きだよ」

言葉と行為の両方に煽《あお》られて、智里はすぐに極みへと押しやられた。

智里の快感は廉をさらに昂ぶらせ、廉の反応は智里をもっと感じやすくさせた。

絶え絶えの呼吸で廉にしがみつきながら、智里は波のような至福に包まれていた。

文字どおり、格好悪い裸の自分でも、好きでいてもらえる。

その真実は、神々しい啓示のように、智里の心を自由にしたのだった。


半開きの寮長室のドアを、智里は軽くノックした。すぐに内側からドアが開き、健吾が顔を出した。

「ドア開いてるのに、いちいちノックしなくてもいいよ」

呆れ顔の健吾に、

「だってまた出歯亀するのいやだし」

智里は神妙な顔で言ってみせた。

「ちぇっ。一度の不覚を、一生からかわれ続けるのか、オレは」

健吾は膨れっ面をしながら、智里の手の中の宅配便の箱に目を落とした。

「お、それ何？」

「カステラ」

「やったー！　九州《きゅうしゅう》のご両親から？」

「うん。ホールで開けると五秒でなくなるから、とりあえず二人に分けてからと思って」

「おっと、殊勝だね、由井くん。どうしちゃったの」

「いろいろと世話になってるし」

「この前、門限破りをごまかしてあげたこと、とか？」

「まあね」

智里は決まり悪く笑んでみせた。

「しかし、廉先輩同伴で門限破りとはねぇ。元寮長も、卒業したらただの人？」

今度は健吾が茶化してくる。

「しかもあの日の由井ってば、長風呂でのぼせたみたいによれよれで、どうしたのかと思っちゃったよ」

「さっさと食べないと、ハイエナが押し寄せてくるぞ」

智里はカステラの箱を振って話題をすり替えた。

「はっ、やばい」

健吾は目の色を変えてカステラのパッケージを解き始めた。

「山崎も一緒に食べようよ」

さっきから気配を消して机に向かっている背中に声をかけると、不機嫌そうな返事が返ってきた。

「忙しいから、話しかけないでください」

「なんだよ、どうしたの？」

「こいつ、中間テストで二科目も赤点とってやがるの」

山崎の代わりに、健吾がおかしそうに言う。

「得意、不得意のばらつきがありすぎるんだよ、山崎は。国立向きじゃないと思うね」

「うるさいな。すぐに挽回してみせますよ」

二人のやりとりに、智里はそうだったのかと納得がいった。

「そうか。山崎は佐藤と同じ大学に行きたいんだ」

前に、山崎が健吾の志望校を知りたがっていたのは、そういうことだったのだ。

「まあ、無理だと思うけどね」

「失礼だな。まあ見ててくださいよ。佐藤先輩が一浪すれば、同級生ですよ」

「おまえが浪人すれば、さらに間が開くけどな。あ、うまそー」

意地の悪いことを言いながら、健吾は嬉しそうにカステラの箱を広げた。

「まあまあ、おひとつ。ってそもそも由井のだけど」

智里に最初の一切れを渡し、次の一切れを自分の口に頰張るのかと思いきや、無造作に山崎に差し出した。

健吾の発言に仏頂面をしていた山崎は、不機嫌そうな顔のまま、よく馴れた小鳥のように健吾の指からカステラをついばんだ。

「いいね、仲良しで」

智里は素直な感想を口にした。健吾はちょっと赤くなる。

「なに言ってるんだよ。そっちこそ廉先輩とチョー仲良しじゃん。担がれてさらわれて行くわ、門限過ぎても帰ってこないわ」

「もうその話は勘弁してよ」

「あーあ、照れちゃって。ねえ、由井も先輩と同じ大学行くんでしょ？」

「いや。一応受験はするけど、本命は国立だから」

「え、マジ？　同じとこ、行きたくないの？」

「だって学年も学部も違うし、別に同じ大学に行ったからって四六時中一緒にいられるわけじゃないだろ」

「そうだけど、気分の問題っていうかさ」

ついこの間までは、智里も廉と離れていることが不安で仕方なかった。

けれど、今はもう、気持ちは安定していた。大切なのは、なにも物理的な距離感ばかりではない。

「あ、そうだ。由井に話しておこうと思ってたんだけど、六月に一人寮生が増えるらしいんだ」

カステラのくずを払いながら、健吾が思い出したように言った。

「転校生？」

「いや、二年に在学してる子なんだけど、親の海外赴任で一人でこっちに残ることになるらしい。で、その子、由井と同室ってことになると思うけど、大丈夫？　大人しい感じの子だから、問題ないとは思うんだけど」

気遣わしげな健吾に、智里は笑ってうなずいた。

「もう大丈夫。気を遣ってくれてありがとう」

「そっかー。よかった。あ、廉先輩にも一応報告しておかなくちゃ」

「いいよ、そんなの」

冷やかし半分のお節介だと思って顔をしかめると、健吾は笑って肩を竦めた。

「由井がよくても、オレが困る。由井に個室をふりあてたのって廉先輩に頼まれてのことなんだから、一応報告しておかないと」

「え？　だって、部屋割りはくじ引きだったじゃん。偶然だろう？」

「これだけ寮生がいて、わけありの由井がうまく一人部屋を引きあてるなんて、そんな偶然はできすぎだと思わないか？」

「それは……」

「オレが細工したんだよ。廉先輩に脅されてね」

健吾はからからと笑った。

そんな配慮があったなんて、まったく知らなかった。廉は一言もそんなことは言わなかった。こんなに気遣われていることも知らず、疑いばかりを膨らませていた自分が、いまさらながら恥ずかしかった。

不意に部屋のドアが開いた。篠田《しのだ》と矢島《やじま》を先頭とした集団が、有無を言わさず踏み込んできた。

「日直に聞いたぞ。由井のところに食い物の宅配便が届いたらしいじゃないか」

「部屋にいないと思ったら、案の定こんなところでこそこそ食いやがって」

大した悪業をとがめるような口調の面々に、

「食い物のことになると、すげー嗅覚《きゅうかく》だよな」

健吾が吹き出した。

「寮長ともあろうものが独り占めとはいい根性だ」

「これは没収させてもらう」

健吾の手からカステラの箱を奪い取ると、強奪犯たちはきたときと同じ素早さで立ち去って行った。

「あーあ。せっかくの心遣いが息子の口には一切れしか入ってないと知ったら、由井のご両親もがっかりだな」

健吾はおかしそうに身を捩った。

差し入れの強奪を潮に、智里も腰をあげて部屋に戻ったのだが、携帯を健吾たちの部屋に置いてきてしまったことに気付いて、慌ててひき返した。

「悪い、携帯忘れ……」

無造作にドアを開けて、智里はぱりりと凍りついた。

間の悪いことに、再び出歯亀となってしまった。

山崎の机の前で、二人が唇を触れ合わせた瞬間に踏み込んでいた。

「あ……ごめん」

「わーっ、ノックしろよ、ノック！」

飛びのいた健吾が、真っ赤になって両手を振りまわした。その横で山崎は口元を押さえて決まり悪そうに顔をそむけている。

「だってさっきはノックの必要はないって言ったじゃないか」

智里までつられて赤くなりながら、なんとなくそんな幸せな滑稽《こっけい》さがおかしくて、笑いが込み上げてきた。

「俺だからよかったけど、ほかのやつらには見つからないようにね」

「わかってるよ」

「ごゆっくり」

「バカ！」

幸せな人たちを見ているのは、悪い気のするものではない。智里はちょっとあたたかい気持ちになって、二人の部屋をあとにした。

正直なところ、好きな相手がすぐそばにいる彼らのことを、やはり羨《うらや》ましいと思う。いつでも触れられる、いつでも話ができる、それはいちばん幸せなこと。

けれど、離れていることを淋《さみ》しいと思いこそすれ、信じることを知った今は、もう不安や焦りばかりを感じることはなかった。週末になれば、健吾たちをしのぐほど濃密な時間を廉と過ごすことができるのだと思うと、待つ時間も楽しく感じられる。

携帯の時計を覗くと、そろそろ廉から電話がかかってくる時間だった。

智里はちょっと逡巡《しゅんじゅん》してから、廉の携帯に電話をかけた。

呼び出し音が一回鳴るか鳴らないかで、廉が出た。

『びっくりした。今、こっちからかけようと思ってたとこだったんだ』

自分のほうから電話をすることにまだ慣れていない智里は、廉の驚いた声に少しばつの悪い気がした。

『どうした？　なにかあったのか』

「……そっちは、いつもなにもなくてもかけてくるじゃないですか」

いまだ素直にはなりきれず、ついそんな臍曲りな答え方になってしまう。

電話の向こうで、廉が楽しそうに笑った。

『それはつまり、いつもの俺と同じで、用事はないけど声が聞きたかったからかけてくれたということかな』

「……いけませんか」

『常にケンカごしだねぇ、由井くんは』

廉は笑い転げている。

『いけないはずないだろう。すげー嬉しい』

廉の言葉は、以前のように歪んだ変換装置で曲解されることなく、ストレートに智里の胸に届いた。

『そうだ、今日は報告がある』

「なんですか?」

『免許が取れたんだ。今度、友達に車を借りてドライブに行こう。……って受験生を連れまわすのもどうかとは思うけど』

「受験生にも息抜きは必要でしょう」

『そうだな。賑やかなのがよかったら、佐藤とか誘ってもいいぞ』

「あの……」

健吾の名前が出たところで、智里はさっきの話を思い出した。

『ん?』

「さっき佐藤から聞いたんですけど、部屋割りのこと、なんかまた気を遣ってもらってたみたいですね」

『ああ、あれは気を遣ったというより、俺の個人的な希望を佐藤に無理遣り呑《の》ませたまでの話だ。こっちの目の届かないところで由井のトラウマが発症すると困るし』

「もう大丈夫です」

『まあそうだな。あれだけ触っても悪影響が出てないってことは、克服できたってことだよな』

からかう声に、この間のことを思い出して、顔が熱くなった。

「切りますよ」

『ウソウソ、冗談だって。怒るなよ』

智里は口を尖《とが》らせて、早口でまくしたてた。

「誰に触られても大丈夫ってわけじゃないです」

しばしの沈黙のあと、受話器の向こうから嬉しげなため息が聞こえた。

『きみは本当に男殺しだね。そばにいたら、確実に食ってるぞ』

「じゃ、いなくてよかったです」

智里は照れ隠しにそっけなく答えた。

　不意に、ノックとともに勢いよくドアが開いた。

「なんだよ、由井。早く来ないとおまえのカステラ全部食っちまうぞ」

　篠田が顔を覗かせた。

「久野《くの》秘蔵の烏龍茶《ウーロンちゃ》もいれてるから、ホールに来いよ」

「うん、今行く」

　智里は笑顔で手を振ってみせた。

『すっかり馴染んでるな』

　電話の向こうでそんなやりとりを聞いていた廉が、しみじみと言った。

『じゃあな。カステラ食いっぱぐれるなよ』

「あ、廉先輩」

　切れそうになる電話を、智里は慌ててつなぎ止めた。

『なに？』

「さっきのドライブの件だけど」

『うん』

「せっかくだから、先輩と二人で行きたいです」

　素直な気持ちを口にすることは、ひどく照れ臭くて、少し不安で、そしてとても清々《すがすが》しいことだった。

『オッケー。張り切ってコースを練っておくよ』

廉の楽しそうな答えは、智里を幸せで安心な気持ちにさせた。

これが答えだと、智里は思う。

傷つかないように自分を鎧《よろ》っていたときには得られなかった、安らかな気持ち。

思えば、この間までは廉に会えない日々をただ週末を待つためのつなぎのように虚《うつ》ろに感じていた。それは恋心ゆえではなく、不安からだったのだ。

会いたいと思う気持ちはもっとポジティブで元気をくれるものなのだと、智里は初めて知った。

名残惜しい気持ちで電話を切り、智里は一つ息を吐いて、賑わしいホールへと向かった。

繰り返す毎日を楽しめば、週末はすぐに訪れる。

あとがき

こんにちは。皆様お元気でお過ごしですか。

これを書いている現在は、GW明けの上天気の昼下がり。窓から見える山の緑が青空に映えて清々しく、鶯《うぐいす》の声が冴々と響き渡っています。このお天気が連休中に訪れてくれたらよかったのにと、ちょっと恨めしい気分です。

連休は肌寒さと曇天で、なんだか気分がぱっとしませんでした。もともと混雑する時期に出掛けるのは好きではないのに、お天気が悪いと「出掛けられないのはこのお天気のせいだ！」と頭の中ですりかえが行なわれ、「悪天候に屈してはいかん。これは是が非でも出掛けねば！」と妙な強迫観念にかられてしまったりして…。

結局、連休中盤に、遠からず近からずということで軽井沢《かるいざわ》にドライブに行ってきました。

家を出た時には曇天だったのですが、目的地に近付くにしたがって雨が降り始め、五月の昼日中というのに気温は四度…。うかつな軽装で出てきてしまったことをちょっぴり後悔しました。霧のような細かい雨には傘も役に立たず、湿った足元から寒さがはいのぼってくるよう。けれどその寒さのおかげで、思いがけず満開の桜を見ることができました。ほんの二時間のドライブで、季節を一ヵ月分遡ることができてしまうこの不思議。これも一種のタイムトラベルでしょうか。

桜以外にも、レンギョウや雪柳といった早春の花に再び出会うことができ、春の訪れを二度満喫した気分でした。

道中、ケーキ屋さんの一角でひとやすみしました。身体が冷えてしまって、とにかくあたたかいものが飲みたいというだけで入ったお店だったのですが、オーソドックスなケーキがとてもおいしいお店でした。私が食べたのはバナナと生クリームをココア生地のビスキュイで巻いたロールケーキ。ココアと粉砂糖でお化粧しただけの飾り気のないケーキなのですが、ふんわりさっくりとしたビスキュイのほろ苦さと、バナナの甘い香りがよく似合って、うっとりするようなおいしさでした。生来のうかつさでお店の場所も名前も覚えていないのが、残念の極みですが…。

さてさて。そんな早春の軽井沢とはうらはらに、初夏を迎えた我が家の庭は今年も雑草が生い茂り、草原と化しています。

人から見たら相当見苦しい光景だと思うのですが、個人的には雑草の中にも好きなものが多々あって、花の時期に抜いてしまうのはなんだか忍びない気がするのです。

白い花と赤い実が可憐なヘビイチゴ、黄色い花のカタバミ。虫眼鏡《むしめがね》で観察したくなるような小さな小さなハナイバナやキュウリグサ。造形が可愛らしいトキワハゼ。

背の高いオニタビラコやハルジオンはちょっぴり憎々しげだけれど、花の形は美しくて、なかなか見応えあり。

ふと気付けば、去年枯らしてしまった寄せ植えのそばの芝生から、ビオラとノースポールが健気に花を咲かせていました。たとえ芝生が傷もうと、このいじらしい子たちを抜いたりすることはできない！

……などと風流を隠れ蓑《みの》にして、ナマケモノの庭はどんどん荒れ果てていくのでした。

しかし、思えばこのナマケモノ……じゃなくて雑草好きは、遺伝的なものかもしれません。

私の実家は、それはもう様々な植物が生い茂っているのです。まっとうな庭木が大半ではありますが、その足元の方には、祖母が好むヒメススキやオオアラセイトウが繁り、母が植えたヨモギがはびこり、父が蒔いたニワゼキショウが幅をきかせていたりして。

その雑然さ加減が、家族はかなり気に入っている模様。

お洒落《しゃれ》なガーデニングも良いけれど、四季折々の雑草の思いがけない美しさにも、なかなか捨てがたいところがあるものですね。

またとりとめのないあとがきとなってしまいました。

末筆ながらお世話になった皆様に感謝を。

担当の押尾さん、いろいろとご面倒をおかけしてごめんなさい。今後ともどうぞよろしくお願いいたします。

夏乃《かの》あゆみ様、白黒のコントラストが美しい独特のイラストがとても素敵でした。ありがとうございました。

そして、この本を手にとってくださった皆様に心からお礼申し上げます。少しでも気に入っていただける部分があるとよいのですが。

もしも気が向かれましたら、ご感想などお聞かせください。ペーパーやはがきになってしまうこともありますが、極力お返事させていただきます。

ではでは。どうぞお元気でお過ごしください。

またどこかでお目にかかれますように。

二〇〇一年　五月

月村《つきむら》　奎《けい》

この本を読んでのご意見、ご感想を編集部までお寄せください。
《あて先》〒105-8055 東京都港区東新橋1-1-16 徳間書店 キャラ編集部気付
「月村 奎先生」「夏乃あゆみ先生」係

■初出一覧
アプローチ……小説Chara vol.3（2001年1月号増刊）
週末までの距離……書き下ろし

2001年6月30日　初刷

著者　月村　奎
発行者　秋元　一
発行所　株式会社徳間書店
〒105-8055　東京都港区東新橋1-1-16
電話03-3573-0111（大代表）
振替00140-0-44392

Chara
アプローチ
……【キャラ文庫】

印刷　図書印刷株式会社
製本　宮本製本所
カバー・口絵　近代美術株式会社
デザイン　海老原秀幸
編集協力　押尾和子

ISBN4-19-900187-5

好評発売中

月村 奎の本

【そして恋がはじまる】

イラスト◆夢花 李

高校生の未樹《みき》は、相手の顔色を窺ってイイ子を演じる自分がキライ。そんな未樹は偶然、司法書士の浅海《あさみ》と出会う。未樹の密かな悩みを「人を傷つけない優しさ」と肯定した浅海。彼がゲイだとわかっても、大人で穏和な彼の側は誰といるより安心できて。彼の事務所に通うたび未樹は無防備に甘えてしまう。ところがある日、突然浅海に「ここには来ないで下さい」と言われてしまい!?

投稿小説★大募集

『楽しい』『感動的な』『心に残る』『新しい』小説——

みなさんが本当に読みたいと思っているのは、どんな物語ですか？　みずみずしい感覚の小説をお待ちしています！

•応募きまり•

[応募資格]

商業誌に未発表のオリジナル作品であれば、制限はありません。他社でデビューしている方でもOKです。

[枚数／書式]

400字詰原稿用紙で50～100枚程度。手書きは不可です。原稿はすべて縦書きで、20字×20行を１枚として下さい。また、原稿には800字前後の粗筋をつけて下さい。

[注意]

①原稿の各ページには通し番号を入れ、次の事柄を１枚目に明記して下さい。（作品タイトル、総枚数、ペンネーム、本名、住所、電話番号、職業、年齢、投稿・受賞歴）
②原稿は返却しませんので、必要な方はコピーをとってからご応募下さい。
③締め切りは特別に定めません。面白い作品ができあがった時に、ご応募下さい。
④採用の方のみ、原稿到着から３カ月以内に編集部から連絡させていただきます。選考についての電話でのお問い合わせは受け付けできませんので、ご遠慮下さい。

[あて先]

〒105-8055 東京都港区東新橋1-1-16
徳間書店 Chara編集部 投稿小説係

投稿イラスト★大募集

キャラ文庫を読んで、イメージが浮かんだシーンをイラストにしてお送り下さい。キャラ文庫、『Chara』『Chara Selection』『小説Chara』などで活躍してみませんか？

•応募きまり•

[応募資格]

応募資格はいっさい問いません。マンガ家＆イラストレーターとしてデビューしている方でもOKです。

[枚数／内容]

①イラストの対象となる小説は『キャラ文庫』か『Chara、Chara Selection、小説Charaにこれまで掲載された小説』に限ります。既存のイラストの模写ではなくオリジナルなイメージで仕上げて下さい。
②カラーイラスト１点、モノクロイラスト３点の合計４点。カラーは作品全体のイメージを。モノクロは背景やキャラクターの動きの分かるシーンを選ぶこと（裏にそのシーンのページ数を明記）。
③用紙サイズはＡ４以内。使用画材は自由。

[注意]

①カラーイラストの裏に、次の内容を明記して下さい。（小説タイトル、ペンネーム、本名、住所、電話番号、職業、年齢、投稿・受賞歴、返却の要・不要）
②原稿返却希望の方は、切手を貼った返却用封筒を同封して下さい。封筒のない原稿は編集部で処分します。返却は応募から１カ月以内。
③締め切りは特別に定めません。採用の方のみ、編集部から連絡させていただきます。選考結果の電話でのお問い合わせはご遠慮下さい。

[あて先]

〒105-8055 東京都港区東新橋1-1-16
徳間書店 Chara編集部 イラスト募集係